プロローグ

雨や風に音色を感じ、また見慣れたはずの風景の、色鮮やかさに不意に気づくことがある。そんな時は決まっ[illegible]句になる。

すると、過ぎ去っ[illegible]、予告もなしに立ち上がるのだ。

原田卓也は仕事ひ[illegible]た。

傘寿《さんじゅ》まであと一年[illegible]に長かったとは思わないのが不思議な気がする。

人生に彩《いろど》りがあっ[illegible]はじめ、出逢った女性たちが原田を男として捉《とら》えてくれ、また女性の特[illegible]包《くる》み、日常が変化していったからといえる。

特に二回りも年齢[illegible]性に遭遇したことが引き金になり、彼女の幻影を引きずりながら、老年[illegible]遍歴を重ねた。遅きに失したが、苦さを含んだ物語が続いた。断片的に[illegible]ながら、しばしまどろむのだ……。

目次

文芸社セレクション

老恋・恋の終活

澤木 俊介

文芸社

第一章　妻　秋子

千メートルに満たないが、見栄えの良い山並みが平野の裾野に立ち、その反対側に街並みが広がる。それを越えると日本海が蒼くゆったりと横たわっている。K市はそんな環境の中にある。人口は八万人余り。

原田卓也は、その街の住人で、K市の海側の住宅街の一戸建ての家に、年金生活の父と母と三人で暮らしていた。

妻となった秋子に出逢ったのは、三十歳の時である。知人の紹介だった。

その時原田は、機械メーカーの管理部に勤務していた。

秋子は原田より四歳若く、市内の総合病院の産婦人科で、看護師兼助産師として勤務していた。K市の山側に家があり、四人姉妹の三女であった。小柄で色黒で、大きな目をした秋子は南国の女性を思わせた。

付き合いを重ねていくと、彼女のおおらかな性格に安らぐ自分に原田は気づいた。恋愛感情とは少し違うものだが、それが好ましかった。

それまで出逢った女性の多くは、原田に気遣いさせることが多く、綱引きのような感情のやり取りが生じると、相手に合わせるのは常に原田のほうだった。そうさせる魅力が相手にあったのも事実だが、原田は次第にそれが負担になり、未練を残しながらも別れるということを繰り返してきた。原田は自分が優柔不断な性格であり、また適当にあしらうことができない不器用さがあると思っている。

秋子は、いつも原田のペースでつながりを持とうとした。そして背伸びをするような物言いをすることもなかった。

「原田さんに出逢わなければ、上京して別な病院に勤めようと思ってた」と屈託《くったく》のない笑顔で言った。いつも明るい表情をしていて、気さくな秋子に原田は癒《いや》された。付き合い始めたドライブの車中で、初めて唇を重ねた。

秋子は顔を赤らめながら、原田の顔をじっと見て「こういう顔が好きなの」と照れ隠しのように言った。原田の父は色黒で穏やかで、原田は子供のころから叱られた記憶がない。母は対照的に色白で心配性だった。原田は母の血を引いた顔立ちをしていると幼いころから周囲から言われていた。原田の身長一七〇センチに対し、秋子は一五〇センチ半ばだった。

出逢って一か月後に、二人が体の交わりを持ったのは自然の流れだった。その時の秋子のぎこちなさと、苦痛の表情が見えたことから、原田が初めての男と思われた。

「胸が小さくてごめんね」

秋子は恥ずかしそうに原田にしがみついた。原田は秋子を抱き締め、そして快楽の余韻に浸りながら、秋子の耳元で言った。

「結婚しよう」

「うん」

約束ごと

原田が秋子に聞いたことがある。

「結婚してからして欲しくないことは何？」

その問いかけに秋子は、少し考えてから、

「恋愛しないで欲しい」と原田を見つめた。

すると原田は即答した。

「恋愛は交通事故のようなものだからなあ」

それを聞いた明子は、複雑な表情をした。

原田は後悔した。

即答した自分自身に原田は驚いてもいた。

空手形でもいいから「そんなことは絶対しないよ」となぜ言わなかったのか。

秋子が浮気でなく、恋愛しないで欲しいと言ったのは、核心を突いていたかもしれない。

秋子を結婚相手に選択したのは、決して恋愛感情に根ざしたものではないと、どこかで承知している自分がいた。原田のそんな心のかすかな曇りを、秋子は感じたのだろうか。

結婚後も秋子は、街の総合病院の産婦人科で、助産師を兼ねた看護師として勤務を続けた。平穏な結婚生活が続いた。

秋子は夜勤もあり、帰宅するときは、原田の出勤後となることが、ひと月に数回あった。同僚の看護師たちの中には、数年にわたって子宝に恵まれず、あきらめかけていた時に、ようやく妊娠した例もあるという。また妊娠経験のない既婚の看護師が、子持ちの看護師に、夫婦の性生活のアドバイスを求めたりして、職場でセックスの話題はオープンだとのこと。夜勤の休憩時間では、下ネタで盛り上がることもあると秋子は笑いながら言った。

おおらかな秋子の性格もあり、セックスにはこだわりがなく、原田が求めれば拒むことはなかった。秋子の職場で、既婚の同僚のひとりが、結婚したら夫婦は、毎日交わるものだと思ってたと言ったとのことだが、それは秋子自身ではないのかと原田は思った。

サプライズ

結婚して翌年、秋子との間に娘が生まれた。

娘が保育園に入るまで、原田の母が朝食の支度や、ベビーシッターの役割をしてくれた。

東京で看護師を対象とした出産関係のセミナーが開催されることになり、秋子が職場の代表としてそれに出席するために上京した。

そして研修を終えた秋子が、帰宅するなり「おみやげよ」と原田に一冊の本を渡した。原田は驚いてその本の表紙と、秋子の顔を交互に見た。秋子は、きょとんとしている原田を見て笑っている。

それは通常、書店の隅っこの、エロ雑誌のコーナーに置かれているビニ本であった。全裸の女性が手で一部だけ隠した写真が表紙になっている。簡単にページを開けられないようにビニールで包装してあるので、手にした客は、いっそう中を見たくなり、買い求めるというものだ。

都内の書店とはいえ、女性客がエロ本を買い求めることは珍しく、おそらく秋子は人目を引いたのであるまいか。

またある夜、ナースの制服を着たまま、秋子がベッドに入ってきて、「興奮するでしょ？」と原田を驚かせた。

だからと言って秋子が、淫蕩《いんとう》だということではない。サプライズすることが好きなのだ。

原田の職場に、洋服店の店員がいきなり訪れ「奥様から頼まれました」と原田の体のサイズを測りに来たこともあった。背広を新調する予定などなく、二人の会話でも話題になっていない。

また原田が、高校時代の同級生の、木戸浩司が経営するスナック〝シャーロックホームズ〟へ行くことを察知すると、先回りして着物姿で待っていて、驚く原田の表情を楽しんだりした。

夫婦喧嘩をして、口を利かないことがあっても、長くは続かなかった。秋子はわだかまりを溶かすきっかけを作ることが得意だった。

四十代半ばとなった原田は、職場では課長を務め、多忙な時期を過ごしていた。両親は他界していた。秋子との間に、中一の長女、小学四年の次女と二人の娘がいた。

秋子の、気さくでおっとりした性格は変わらなかった。持ち合わせている表情の多くは笑顔で、後輩の看護師たちから慕われていた。

自宅に後輩たちが仕事以外の悩み事を相談に訪れることがたびたびあった。

秋子の夜勤明けのある夜、久しぶりにベッドを共にした。

原田の下半身に手を伸ばして、原田の分身を握りながら秋子が言った。

「男の人ってデイトを始めてすぐに、したくなるものなの？」

「なぜそんなことを聞く？」

「職場の後輩から相談されたの。付き合い始めたばかりの彼氏が、触りたがって困っているって」

「それで？」

「どうすればいい？」

原田は返答に窮《きゅう》した。機会があれば女性を抱きたいと思うのは男としてまともだ。だからといってすぐに口に出したり、行動に移せることではないが。

「俺はどうだった？」

「そういえば……手が早かったわね」

「そうか。で、お前はどう思った？」

「結婚するつもりでいたから……いいかなって思ったかも……」

「そう答えればいいんじゃないか。俺は男の気持ちがわかるからな。なんとも言いようがない」


言いざま原田は秋子を抱き寄せ、夜着をはだけさせ、乳首を口に含んだ。結婚前は小ぶりだった乳房は、二人の子供を産んでからは下着に収まりきれないほど膨らんでいた。久しぶりの交合に二人とも息を大きく乱した。そして身体を繋《つな》いだまま眠りに就いた。

育児相談所（いずみ）の開設

秋子は、総合病院で十八年余り勤務して退職した。四十歳過ぎたばかりで、職場の上司や役員からも強く引き留められたが、ためらわなかった。

そして看護師兼務助産師の実践歴を糧《かて》に、長年の夢であった育児相談所（いずみ）を開設したのだ。

乳児の育児相談はもとより、自宅出産を望む妊婦がいれば、その家を訪れ、産前から出産、そして産後のケアや育児相談に関わった。

病院での出産が、当たり前となった現代では、昔でいう産婆さんとしての秋子の存在は珍しく、口コミで瞬《またた》く間に広がり、市外からも自宅出産の希望者から、予想以上に多くの声がかかるようなった。

総合病院で助産師として勤務した十八年の間で取り上げた新生児の数は、五百人を超えたと原田は、秋子から聞いたことがある。

健常児はもとより、異常児の出産などに関わった豊富な経験があったことから、秋子には、出産と育児のアドバイザーとしてのゆるぎのない自信があり、育児所（いずみ）を開設したのだ。

総合病院を退いてのちに、県都の国立大学の附属医療技術短期大学から、講師として招《まね》かれたことも、起業を思い立つ支えになったようだった。

気さくで笑顔が絶えず、出産から産後に至るまでのケアと、育児のアドバイスが適切だと評判になり、ママ友の会ができた地域もあった。

五十代初めに秋子は、短大の臨床学部の教授に任命された。原田は、秋子は実務経験と知識が豊富なだけではなく、人に与えるやすらぎ感が、評価を高めたのかもしれないと誇らしく思った。複数の知人との会話で、原田は、さりげなく妻が教授になったことに触れた。一介の看護師が短大とは言え、教授になったことは、それを聞かされた人に、新鮮な驚きを与えたようだった。

アラフォー　瀬戸由香

四十代初めと思われる姿見のいい女性が、（いずみ）を幾度か訪れるようになった。（いずみ）が開設して半年が経過していた。

（いずみ）は土曜日も開設していたが、原田が、自宅で過ごしていた時に、その女性と顔を合わせることが数回あった。

会釈を交わす程度だが、色白で清楚《せいそ》なたたずまいに、原田は、初対面の時から魅せられた。

引きこまれるような笑顔と沈んだ顔を見る時がある。落差のある二つの表情が交差するその女性が気になっていた。原田は名前を知りたくなり、夕食時にさりげなく、その女性のことを口にした。

一瞬、間があった後、「めざといわね」と秋子は言い、「瀬戸由香さんというの。美人でしょ?」とじっと原田を見た。秋子がそんな表情を向けたのは初めてだった。どきりとした原田は、しばらくは、その秋子の表情が忘れられなかった。

瀬戸由香という女性には、小学校高学年の長女と低学年の次女がいたが、障害児として生まれた長女の子育てに悩んでいるという。

障害児の育児相談については、本来は秋子の専門外だが、相談に訪れる母親を、秋子は選別することはしなかった。

悩みを話すことだけで気持ちが解放され、秋子の笑顔に癒《いや》されるのか、瀬戸由香は時おり（いずみ）を訪れるようになった。会社勤めの原田が、由香の顔を見ることは限られたが、原田は秘かに心待ちするようになっていた。

急な旅立ち

夫の原田に、秋子が乳がんを発症していると告げたのは、亡くなる一年前だった。主治医から、ステージⅣにまで、がんが進行していると告知され、日本赤十字病院を紹介されたというのだ。その段階で秋子は、初めて、そのことを原田に告げた。

三十年続いた結婚生活は、ほぼ平穏にすごしたし、仲が悪かったわけではない。看護師でありながら、がんの兆候《ちょうこう》を見逃していたことを秋子は恥じて、口にしなかったとでもいうのか。それとも、それを言わせない雰囲気が、夫の自分にあったのかと原田は自問自答した。

僅か一年の闘病生活ののち、秋子は年末に、慌《あわ》ただしく逝った。五十七歳であった。二人の娘は成人していて、市内で就職し、原田は還暦を過ぎ、六十二歳となっていた。

秋子の葬儀は、吹雪の悪天候の日に行われた。葬儀会場は、ママ友の会の母親たちを中心にして、病院の関係者、原田の勤務先などの多くの参列者で溢《あふ》れた。僧侶の読経《どきょう》が終わると、秋子の古い友人の水谷舞子が弔辞を読んだ。

親族、遺族、一般参列者の焼香、喪主の原田の謝辞へと進むと、秋子が眠る棺への別れの花入れとなった。喪主の原田、涙にまみれた二人の娘が見守る中で、棺の蓋《ふた》が閉じられた。

一通りの葬儀のセレモニーを終え、秋子の遺体を乗せた葬儀車が、多くの参列者の見守る中、葬儀場を後にした。助手席には遺骨箱を持った原田がいた。葬儀車はゆっくりと火葬場に向かった。車が走り出して間もなく葬儀車の運転手が、原田に一瞬顔を向けてから、静かな声で言った。

「うちの子も、奥さんに取りあげてもらいました。お世話になりました」

「そうですか……」

妻として、母として、助産師として秋子は十分に存在感があった。

原田は、秋子がいなくなった現実を、受け入れなければならなかった。葬儀後、大きな喪失感の中で、数日間ぼんやりと過ごした。

般若心経

原田が般若心経を目にしたのは、亡くなった秋子の遺品を整理していた時だった。

〈般若心経〉と題した二百六十二文字の印刷された経文のコピーが、秋子のバッグの中にあったのだ。

原田には般若心経についての知識はまったくなかった。耳にすることはあっても、興味を持つことはなかった。が、しかし、その時は違った。般若心経とは、いったいどんなものなのか。知りたいと強く願った。

乳がんを発症したと知った秋子は、死を意識して絶望し、さぞ苦悶したことだろう。必死に荒れる心を、なだめる手立てを求めたと思う。そして唯一《ゆいいつ》、すがったのが般若心経だとしたら……。

それはどんなものなのか。打ちひしがれた秋子が、ふりがな付きの、その般若心経の写しを手にする姿を想い浮かべて、哀れに思う気持ちが原田の心に沸きたち、涙があふれた。すぐさま市内の書店に行き、著者が異なる般若心経の解説本を、何冊も買い求めた。そして性急に読み漁った。

解説本の多くは、主として経文の字句の解説に字数を割《さ》き、釈迦《しゃか》が何を伝えようとしているのかという核心を、簡潔に示してはいなかった。生老病死を苦として捉《とら》えて、その解説に終始している。

そうではなく、人が生きられない状況に陥った時、どう受け止めて日々を過ごせばいいのか。解説者自身が、釈迦の教えをすくいあげて、読者に伝えてこそ出版の価値があるということではないのか。

原田は思った。

秋子は、苦悩する心を、空間に漂《ただよ》わせたまま、散って逝ったと……。

納得できない原田は、さらに県都まで車を走らせ、大きな書店で解説本を探し求めた。そして、極めて平易な文章で、般若心経を解説している宗教評論家の、ひろさちや氏の著作『般若心経実践法』＊に辿《たど》り着いた。（＊小学館　二〇〇〇年）

原田の琴線《きんせん》に触れたひろさちや氏の解説を簡略にまとめると次のようになる。

……お釈迦様は、苦しみをどのように教えられたのかというと……。

「思うがままにならないことを、思うがままにしようとするから苦しむ」ということだったのです。「わからないことはいくら考えてもわからない」のです。そのことをしっかり知りなさいというのが「あきらめ」です。

「先のわからない未来のことばかり考えず、今という時を大切にする生き方をしなさい」とお釈迦様は教えているのです……。

原田はこの解説が、般若心経を紐解《ひもと》く道しるべになるかもしれないと自分なりに感じた。

また一方では、だとしても、死を目前にして現実を受け入れられず、救いを求める人間の心に、般若心経が、どう響くというのだろうか。凡人は決して救われないとやはり、やりきれなさは残った。

釈迦《しゃか》自身は六年もの間、苦行を重ねても悟りを開けず、苦行に見切りをつけて、菩提樹《ぼだいじゅ》の下で七日間、座禅《ざぜん》を組み、ようやく悟りを開いたと伝わる。

釈迦でさえ、そのありさまだったのだから、ましてや、苦悩にくるまれた凡人が、自助努力で、たやすく心が解放されるはずはない。

秋子は陽気な性格で、細かいことにこだわらずおおらかだった。整理整頓が苦手で、家の中はいつも雑然としていた。原田は神経質ではないが、それが時おり気になっていた。数年も前のことだが、秋子の葬儀で弔辞を託した永年の友人の水谷舞子に、家の中が片付かないことを原田が愚痴《ぐち》ると、即座に彼女は言ったものだ。

「秋子さんがやりたいことには、順番があって、整理整頓は順位が低いのよ」

そう言われて、原田は妙に納得した覚えがある。

そんな秋子が、ふりがな付きの般若心経を読み下すだけで、理解できずとも、心を安らかにして旅立ったというのだろうか。

懸命に生きた秋子を偲《しの》んで、原田は声を放って泣いた。秋子を心から愛おしく思った。夫婦として向き合った時間は決して多くはなかったと振り返るが、互いに存在は認めていた。仕事上、すれ違うことに違和感をそれほど感じなかったのは、互いに信頼していたからだと原田は思いたかった。

一つだけ秋子の望みを叶えたことがある。

結婚前のことである。

「結婚後にして欲しくないことは何？」という原田の問いかけに秋子は「恋愛しないで欲しい」と答えて原田を驚かせたことがあった。

秋子のそのリクエストに原田は「恋愛は交通事故のようなものだから」と返したのだっ

たが、恋愛事故は、秋子の生存中は起こさなかった。

ただ、ニアミスはあった。瀬戸由香が登場した時に、原田の心が揺らいだことだ。秋子はその時の、原田の動揺を、敏感に感じていたかもしれない。だが瀬戸由香とは何もなかった。

秋子の死後、（いずみ）は閉鎖したので、瀬戸由香が、原田の前に現れることは途絶えた。

第二章　カラオケ教室

再会

産業機械メーカーの管理職だった原田は、六十歳の定年後も、会社から慰留されて、管理職待遇のまま、嘱託《しょくたく》社員として勤めていた。

約束された六十五歳までの雇用期間が、あと三年で終わろうとしていた。

秋子の生前中から、帰宅する前に、友人の木戸浩司が経営するスナック〝シャーロックホームズ〟へ、週に二回は行っていたが、秋子が亡くなってからは、しばらく足が遠のいた。二人の娘と夕飯を共にする努力をしたのだ。成人した二人の娘たちが、交互に夕食作りをすることが軌道に乗ると、原田は解放され、〝シャーロックホームズ〟通いを再開した。

秋子の不在の空間を埋めるように、通う回数は増えた。常連客の中に、カラオケ教室を主宰する三枝みずきという女性がいた。

ぽってりとしていて背が低く、笑顔の絶えない女性で、カラオケ教室の講師をするだけあって、常連客の中では図抜けて歌唱力があった。

飾らないみずきの性格は好感が持てた。酔った勢いで、みずきに誘われるまま、彼女とデュエットして原田は幾度か歌った。

原田の歌を聴いた三枝みずきは「味のある声ね」と言った。カラオケ教室の生徒を獲得するためのお世辞と原田は思ったが、悪い気がせず、ノリで、彼女のカラオケ教室へ行くと言ってしまった。

半月後、原田は、みずきから聞いた住所を訪ねて、彼女のカラオケ教室を覗《のぞ》いてみた。教室はみずきの自宅の二階にあり、二十畳ほどの広さのホールがあった。

その日は生徒が男女十人ほどいて、年齢層は四十代から六十代のように見えた。

講師の彼女の、歌の指導方法は、男女別にグループを作り、共通の課題曲を与えて、グループごとに歌わせる。そして発声のポイントを指導した。そのあとは、生徒の好きな歌をカラオケで個々に歌わせた。そしてみずきが、少しだけ手直しをした。

原田は、みずきの教室に通うようになって気づいたことがある。みずきが生徒の良いところは一つだけは必ず褒《ほ》めて、生徒のやる気を引き出すように心がけていることだ。企業の管理職が、部下のやる気を引き出すためには、必要なことだなと原田が思ったのは、会社人間として生きてきたせいかと、原田は苦笑した。

教室の古い生徒の話によれば、三枝みずきは、十年ほど前のＮＨＫのど自慢大会で、鐘を鳴らした後、中央の歌謡大会でチャンピオンとなった。その後、メジャーなレコード会社主催の東京大会で幾度か優勝し、自身のＣＤを出していて、市内では名の知られた歌手だという。

三枝みずきの歌謡祭が、座席数四百人余りの市立文化会館で年に一度は行われて、みずきのほかに、教室の生徒もみずきの推薦で何人かは出演するとのことだった。

原田がカラオケ教室に通い始めて三か月余り過ぎた頃のことである。

その教室に入ってきたすらりとしたスタイルのいい女性に、原田の目が釘付《くぎづ》けになった。なんと瀬戸由香であった。

幾分、ふくよかになり、更に女性の魅力が増したように思った。彼女も原田を認めて、数秒間立ち止まり、互いにまじまじと顔を見合った。秋子が亡くなってから八年ほど経過していた。やや面長で、色白で目鼻立ちがはっきりとした美人である。改めて原田はそう思った。

「お久しぶりです」と型通りに頭を下げ合った。原田は内心、かなり動揺していた。

秋子の死後、瀬戸由香に会えるものなら会いたいと幾度か妄想したものだった。二回《ふたまわ》りも年齢差ある由香にである。それが現実になったのだ。原田は由香から、片時も目を離せなかった。

カラオケ教室では、いつものようにグループ毎の全体レッスンの後で、生徒に好きな歌を歌わせる時間になった。

原田を含めて何人かが歌い、瀬戸由香が好きな歌を歌う番になった。

由香が選曲したのは、石川さゆりの「天城越え」という曲だった。

のびやかな声で、その曲を少し恥ずかし気に歌った。注視して聴き入っていた原田は驚いた。その歌唱力は素人離れしていた。

二度目に由香に番が回った時、彼女は、「おじいちゃんが好きだった曲です」と言い添えて、江利チエミの「テネシーワルツ」を英語で歌った。発音もナチュラルで見事だった。居合わせた教室の生徒たちが、新しく加入した由香に、歓迎の意味も込めて全員が拍手をした。

彼女の歌唱力を超える生徒は、みずきのカラオケ教室にはいないと思われた。講師のみずきは、由香の歌を聴き、圧倒されて顔を見合わす生徒たちの様子を満足そうに見ていた。みずきは、以前から由香を知っていたようだ。みずきと由香の会話の様子から、原田はそう感じた。

原田と由香は、偶然の再会が引き金になり、親子ほどの年齢差がありながら、互いに意識するようになった。顔を合わせる回数が重なると自然に会話が増えていった。

原田がある日、思い切って二人だけでカラオケ店へ行こうと誘うと、由香は嬉しそうにうなずいた。

第三章　老　恋

初めて由香に出逢ったときのことを原田は鮮明に覚えている。

秋子を訪ねてきた由香は、色白で清楚なたたずまいだった。引きこまれるような笑顔と沈んだ表情が交差して「どうしたの？」と肩に手をかけてゆすってやりたい感情が湧いた女性。スタイルのいい影のあるひっそりとしたアラフォーの女性。原田の心の奥に残っていた由香のイメージである。その残像は原田の脳裏から消えていなかった。

由香とカラオケへ行く約束した日が近づくと、原田は落ち着かなくなった。会社でも仕事に集中出来ないのだ。

どういうふうに由香と話そうか、時間を過ごそうかと浮き立つ気持ちを抑えられない。青年時代を振り返っても、そんな気持ちにはまり込んだことはなかった。由香が人妻ということや、親子ほどの年齢差があることはまったく頭になかった。

カラオケ店での由香との、二人だけの時間は、限りなく楽しいひと時となった。

由香の歌唱力に圧倒されながら、由香と同じ空間にいるという現実に、原田は熱くなっていた。傍《かたわ》らに由香がいるのだ。

由香の提案で、デュエット曲を歌うことになった。二回りの年齢差があっても歌える歌があるかと思いきや、〈大阪しぐれ〉〈居酒屋〉〈北空港〉〈都会の天使たち〉と原田がみずきとデュエットで歌ったことのある古い曲を由香は選曲してくれた。みずきから、原田と歌える曲を聞いていたのかもしれない。

由香の声が甘く耳元で響いた。原田も歌い、満たされた。八年ぶりの思いがけない再会ということにも気持ちが昂り、歌い終わって衝動的に由香の肩を引き寄せて、その頰にキスをした。原田自身も自分の行動に驚いた。

由香は一瞬、身をすくませたが笑っていた。

男の原田

瀬戸由香は水色の軽自動車を使用していたが、原田とカラオケをする時は、待ち合わせた場所で、原田の黒い車に乗り換えた。

二人だけで会うことは、人目を避けなければという意識を、いつしか二人は共有していた。

携帯電話のメールで連絡を取り合っていたが、夜間は互いに行わないようにしていた。

メール上の由香の名前を、原田はマドンナとして登録し、時にはメールでも由香の呼称を〝マドンナ〟とすることもあった。

一緒にカラオケをするということで待ち合わせたはずが、いつしかカラオケ店は省略して、原田の車でのドライブだけに変わっていった。人目の少ない場所に車を停めて、コンビニで買い求めたコーヒーを飲み、主婦としての由香が、許される時間のぎりぎりまで会話を続けるのだ。

長い会話の中では、秋子が登場し、由香の娘たちや由香の夫が登場した。

ある日、車中での会話が途切れて、二人は見つめ合った。

不意に由香の顔が原田の目の前に迫り、熱い吐息と共に由香の唇が、原田の唇に触れた。

垣根が取り払われ、男と女が向き合った瞬間だった。由香が男としての原田を捉《とら》えようとしていた。

第四章　マドンナの実像

K市は日本海沿いにあり、南北に長い海岸線を持つ。

海岸線の上部に港があるが、そのさらに先に、小型漁船用の小さな波止場があった。数台の車を停めることが出来る小さな駐車場が付いていた。近くに人家は見当たらない。海が荒れる日は、波が防波堤を越えて、広くない駐車場の路面を洗うかもしれなかった。魚船がその波止場に係留されているのを、ほとんど見たことがない。そんな場所だから、人が訪れることは少ない。

青々とした海が視界一杯に広がり、異次元の世界に身を置いているような錯覚にとらわれる。秋子を失ってから、埋まらない時間をその小さな波止場で、原田は幾度か過ごした。その場所を人に教えることはなかった。

安らげるその秘密のエリアに、原田は瀬戸由香を伴った。二人だけの空間に浸りたかったのだ。

その日は晴天の空が、海を見下ろして、海面を煌《きら》めかせていた。

原田の車の中で、二人は長い口づけを交わした。由香の肩を抱き、由香の髪の甘い香りを嗅ぎながら、原田は視線を、蒼く染まる沖合に投げて、由香の独り語りを聞いた。

二回り以上の歳の差があり、生きた時代が違うと思いながらである。原田の世代なら話すことにためらうことでも、由香は迷いなく口にする。

秋子の死後、育児相談所の（いずみ）は閉鎖したので、由香が姿を見せることはなくなり、原田の前から由香は消えた。そして八年余りの時を経て、原田のマドンナは再び視界に入り込んできたのだ。

由香は変貌していた。

いや変貌していたということではない。

車の中で、原田の肩に頰をつけながら話す由香。その中身は、八年後のことではない。育児相談所（いずみ）を訪れる以前のことを話していたのだ。

原田は動揺した。由香の実像を知らないまま、自分が勝手に由香の偶像を作り上げ、自分の中に取り込んでいたことを知ったからだ。

そのことに気づかされ、原田はうろたえた。

由香の話の展開は、いわば彼女の性遍歴だった。そんな話は予期せず、また最も聞きたくないものだった。

初体験は高校生の時だという。

「だって興味のある年ごろでしょ？」

あいづちを求められて、一瞬遅れて物分かりよさそうにうなずく。そんな自分に原田は腹が立った。

「洗濯の時、母が血で汚れた下着を生理だと勘違いして」と由香は笑いながら言った。原田の高校時代は男子校だった。他校の女子高校生はまぶしく見えたものだった。由香の初体験の相手を、原田は運のいい奴だと羨《うらや》ましく思った。

由香の話は続いた。

バスガイドもしていた時があるという。

「歌のうまい美人ガスガイドはさぞかし人気者だっただろうね」と原田は本当に想像できたことを言った。

すると由香は、なりゆきで、運転手と一夜を共にしたことがあるとするりと言った。

原田は言葉を失った。団体旅行のバスツアーであれば運転手とバスガイドが同宿するのは当たり前だが、由香の言うのは、明らかに同衾《どうきん》したというニュアンスだった。

それから、建設会社の土木部門で働いている由香の夫の話になった。原田は緊張して耳を傾けた。最も知りたいことだった。

なんと由香の夫は、デパートの下着売り場へ行き、由香に着せたい下着を買ってくるという。由香はそれを笑顔で言う。なんという奴だ。そんなことをする男なのかと原田は顔を知らぬ由香の夫を軽蔑した。またそんな夫に由香が、違和感がないようなのも気に入らなかった。それほど自分は夫に愛されているとでも由香は言いたいのか。原田は腹立たしくなった。またその夫は、由香が生理の時は、セックスが出来ないので、ふすまを蹴って荒れることもあったという。原田は横を向いて顔をしかめた。

どこで由香はそんな男と知り合い、結婚したのか。時代が違うのか。

由香と再会した時に、由香の夫となった男との馴れ初めを、真っ先に聞こうとしていて、なぜか聞けずにいた。由香の夫だからイケメンで偉丈夫な男に違いない……そう決めつけて、それが現実だろうと聞けないでいたのだ。

一体どんな奴なんだ。顔を見たいと思った。

別なエピソードも由香は口にした。

過去の市会議員選挙の時に、高校時代の初体験の相手が立候補して、結婚していた由香の家を訪問したと言うのだ。戸別訪問が違法にもかかわらず、市会議員候補者が、結婚後の由香を訪ねてくるというのは、付き合いが高校卒業後も、秘かに続いていたということなのか。それを由香は省いて話しているのかもしれない。

原田が心の中に秘めていたマドンナの由香は、なぜそんなにすらすらと、自分の体の上を通り過ぎた男の話をするのか。そしてさらに何人の男たちが、由香の話に登場してくるというのか。

原田はいらだつ自分を抑えきれなくなり、いたたまれず「帰ろう」と車の後部座席から外に出た。

海の蒼さが目に染みた。その蒼さは、限りなく物哀しい気分にさせた。原田は運転席に戻った。

由香はその時になって初めて、原田の険しい表情に気づいた。原田の横顔を見つめ、そして下を向いた。原田が急に不機嫌になり、別人になった理由を、由香は何となく悟ったようだった。

由香の車が停めてある公園駐車場までたどり着くと、原田は車から由香を降ろした。原田は終始無言で通し、地面を見つめたままの由香を残して走り去った。

歌謡祭

原田が瀬戸由香と会わなくなってから、一か月余り経過した。原田が由香を想わない日は一日もなかった。裏切られたという気持ちの整理が出来ず、また一方では逢いたい気持ちが日ごとに増し、葛藤していた。

由香の性遍歴を聞かされて、原田の中のマドンナの偶像とのギャップが、原田を苦しめていた。アラフォーの由香が、重ねてきた長い年月の日常があり、それは変えようもない過去の事実なのだ。まっさらな白さを由香に求めているかのような自分の方がおかしい。

人妻の由香。二人の娘の母である由香。しかも二回りも年齢差がある由香。しょせん付き合える相手ではない。幾度も自分に言い聞かせるが、それ以上に原田は前に進めないでいた。

二か月先に、三枝みずきが主催する歌謡祭が行われることが決まった。三枝みずきから、カラオケ教室の生徒で、その歌謡祭に出演する生徒の指名が近くあるという。

第一部は生徒たちが出演し、第二部は三枝みずきのショーという構成で行われるとのことだった。

由香にその歌謡祭で会えるのではと原田は秘かに思った。心の整理ができたわけではないが、会いたいという気持ちの熱量は増していくばかりで、そのはけ口がなかった。

歌謡祭が翌月となったカラオケ教室で、レッスンのあとは、近づいた歌謡祭の話題一色になった。

出演が決まった女性の生徒たちは、ステージ衣装が悩みで、何を着るかで盛り上がっていた。その輪の中に瀬戸由香の姿はない。そんな原田の浮かない顔を見とめたのか、みずきが原田に近づいてきて、笑顔で言った。

「由香ちゃんも出るわよ」そして「由香ちゃんのご主人は来ないけど、お母さんが聴きに来るそうよ」と続けた。

「そうですか」

原田は、ほっとした。自分とのことが原因で、由香が歌謡祭に出演する意欲を失くしたとしたら可哀そうだと思っていたからだ。由香の夫は来ずに、由香の母親が来場すると知り、気持ちが高まった。以前に母親が、原田と同年齢だと聞いていた。由香の母なら美人に違いないと想像が膨らんだ。

七月の半ば、三枝みずき主催の歌謡祭が行われる当日。会場の市立文化会館に四百人あまりの聴衆が集まった。人口八万人余りのK市では、比較的に大きな催し物である。

第一部は三枝みずきの知人たちと歌謡教室の生徒たちが出演し、二部は三枝みずきの独演という構成である。

当日、聴衆に配布された歌謡プログラムでは、第一部のトリは瀬戸由香で、その前の出演者は原田だった。会館の出演者用の控室は男女別に分かれていたので、原田が由香に会えるのは、出演を待つ時のステージの袖しかない。

第一部のプログラムが進み、トリまでの四人の出演者がステージの袖で待つよう係員から指示された。

着飾った歌謡教室の女性三人と原田がステージの袖のスペースに集合した。

女性三人の中の一人は瀬戸由香だった。

白いドレス姿で、ひと際、輝きを放っていた。

原田を一瞬見て、由香は下を向いた。

三か月振りの再会だった。ぎこちない間があった。原田は傍に歩み寄り、低い声で「きれいだよ」と本心から言った。ほかの女性たちには聞こえなかった筈だった。

由香は顔を上げてほほ笑んだ。原田は由香を抱きしめたい衝動に駆られた。

プログラムが進み、原田の前の出演者がステージで歌ってる間、由香に話しかけようとしたが、言葉が見つからないまま、自分の出番がきた。由香の視線を背中に受けて原田はステージに出た。

堀内孝雄の「青春《ゆめ》追えば」という曲で、青春時代に別れた恋人の今を想う歌詞でつづられた歌で、友人のスナックで幾度か歌っていた。原田はゆったりと歌い上げて、そこそこに拍手を受けた。

そのあとで由香が、第一部のトリとしてステージに登場した。白いドレスの衣装姿だけでも、整った顔立ちの由香はオーラを感じさせ、存在感があると原田は思った。由香は日本で大ヒットした〈冬のソナタ〉という韓国映画の主題歌で「最初から今まで」という曲を日本語版で歌った。

由香が歌いだすと場内は静まりかえった。豊かな声量と伸びやかで柔らかな声が、場内に満ち、聴衆を魅了した。第一部の出演者の中で、最も大きく長い拍手が由香に送られた。由香の白いドレス姿が、原田にはひときわまぶしかった。原田の創造するマドンナが瞬間蘇ったように思った。

上気した顔でステージの袖に戻ってきた由香に「素晴らしかったよ」と原田が実感をこめて言うと、由香は嬉しそうに笑顔を見せ、「母が最前列にいたの」と言った。

「そうか。顔を見たいな」と原田は反射的に言ったが、対面できるわけがないと思い直した。

第二部の三枝みずきのショーは、その歌のうまさと軽妙なトーク、日舞で観客を魅了した。原田は初めてK市での、三枝みずきの存在を理解できたと思った。

舞台の袖で、日舞を踊るみずきを見守る年配の婦人がいた。ときおり、みずきの所作にうなずいている。遠目に見て六十代初めの女性のように思われた。生徒の一人が「あの方は踊りとダンスの先生よ」と教えてくれた。

原田は由香との接触を試みようとしたが、その日は機会がないまま終わった。由香の母親を知ることもなく、未練を残して原田は帰宅した。

第五章　羽化した由香

三枝みずき主催の歌謡祭が終わって一週間後である。由香から簡単なメールが来た。「会いたい」で始まり、希望する日時と場所が示されていた。原田は飛び上がるほど嬉しかった。由香と連絡を取りたかったが、年甲斐もないとブレーキをかける自分がいたのだ。

約束の日は、雨が降る予報が出ていた。

前夜は気持ちが高揚して眠れなかった。どう話せばいいのかと、初めて由香とデイトする時と同じ心境になった。会うのは午後だった。

その日の午後は、青空の半分を分けて雨雲が広がりつつあった。

待ち合わせの駐車場は、K市で唯一の大学の裏手にあった。その大学は設立年数がまだ浅く、付属する駐車場はブナ林に囲まれていて、外部の車も自由に入れた。

駐車場の奥は、薄い陽射しが樹々の間から漏れて、ひっそりとしたその空間を和《なご》ませていた。原田は車をそこに停めて、由香の車が来るのを待った。周囲に駐車している車はなかった。

間もなく水色の軽自動車が、原田の車の横に停まった。運転席の瀬戸由香が、ほほ笑んで原田を見る。

色白で目鼻立ちがはっきりして、車から降り立った姿は、おしゃれではないがすっきりして見栄えがした。白いブラウスと紺色の裾の広いスカートを身に着けている。原田のマドンナの雰囲気は変わらないように思う。

由香が原田の車の後部座席に乗り込むと、原田も運転席から後部座席へ移動した。

由香は「そっちへいっていい？」と言いつつ、返事を待たずに原田の隣に身を寄せた。そしてすぐに両腕を原田の首に巻き、顔を重ねた。由香の積極的な動きに原田は戸惑いながらも、原田とて待ち焦がれた瞬間でもあった。躰が一気に熱くなった。喉が渇いたかのように舌をむさぼり合った。会わずにいたひと月余りの空間を埋めるかのような性急さだった。原田は、これまでに感じたことのない由香を腕に抱いてるように思った。

顔を離し、由香が息を整えながら言った。

「母から言われたの。原田さんを好きになっちゃだめだって」

原田は驚いた。

「お母さんに俺たちのこと話したの？」

「私は何も言ってないわ」

「じゃあ何故そんなことを？」

「二人が舞台の袖にいるのが見えた時、そう思ったって」

原田は驚いた。母親とはそういう感性があるものなのか。当日、歌い終わった由香が、客席の最前列に母がいたと嬉しそうに言っていた。残念ながら、由香の母を原田は会場で認識できなかった。自分と同年齢だという由香の母。まさに親子の年齢差のある由香と自分との関係を、由香の母は直観で、遠くからでも見分けたというのか。原田はしばし沈黙した。面識のない由香の母に会えるものなら、会ってみたいと原田は思った。

その日の由香は、別人だった。

母親から忠告されたことで、逆にスイッチが入ったのか大胆な行動を取った。原田の腕に抱かれたまま、ブラウスの胸のボタンを外し、原田の手を自分の胸の中に導いた。原田は混乱しながら、由香の動きに合わせた。由香は原田が描いていたマドンナから、突然、羽化して好色な雌《めす》になった。

由香の指が原田の体を辿《たど》り始めた。原田のズボンの前開きのファースナーを下げて、ブリーフの上から原田の分身を摑《つか》んだ。

「なんでこんなに大きいの？　大っきい！」

年齢差に甘えて、遠慮のない物言いを由香は時々することがあった。

原田はあらがうことができず、茫然として由香にされるままになっていた。車の後部座席の限られた空間で、由香はスカートの中に手を入れ、腰を浮かせて、器用に水色のショーツを脚から抜き取った。そしてそれを手で丸めると、原田のワイシャツの胸ポケットに入れたのだ。

洋画のヒロインのような振る舞いだと原田は思った。唇を重ねながら由香は、原田の膝にまたがった。由香の両腿の重みを感じながら、原田は由香の動きに合わせた。

原田から、すでにためらいは消えていた。由香の肌の上を、どことといわず本能にまかせ、指を這わせてまさぐり、揉《も》み、摑んだ。目を閉じて由香は、原田の動きに敏感に反応した。身もだえて、くぐもった声を上げた。車の窓はいつしか横殴りの雨で濡れていた。


男と女の、初めての濃密な時間が過ぎ、身支度を整えてから由香は言った。

「主人とは気持ちが離れてるの。主人が浮気しようがしまいが構わないわ」

それは、由香自身に言い聞かせているような物言いに聞こえた。

原田のシャツの胸ポケットに、由香がねじ込むように入れた水色のショーツを、原田はためらいながら胸ポケットから取り出し、由香に返した。返さずにいたいと思う心とのせめぎ合いで、実際に取った行動は本心ではなかった。

その日、由香に、そのショーツを持ち帰らせたことが、その後に大きなトラブルを引き起こす原因になるとは、その時はまったく思いもしなかった。

原田と由香の間を、隔てていた垣根が取り払われ、より人目を忍ぶ逢瀬を重ねた。

妻であり、母であり、主婦である由香は、原田と会う時はただ一人の色好みの女になった。費やす時間の大半は市外のラブホテルで過ごし、原田を求めた。原田も会わずにはいられない恋愛感情と、濃密な躰の交わりへの期待で気持ちが膨《ふく》れ上がり、何も考えられずに繰り返し逢い引きを重ねた。男以上に積極的に性欲と向き合う美形の由香。そんな由香に出逢ったことで原田は、女体に執着する男の欲望を、老年の渦中で新たに萌芽《ほうが》させられたともいえた。

時おり、原田の分身が勃起しないことがあった。青年時代、壮年時代とは明らかに違い勢いがない。原田の年代では、不倫をしていることへのうしろめたさが、少しでも頭をよぎると尚更、萎縮《いしゅく》して硬さがなくなる。

そんな時、由香は原田に優しく接した。

「主人もそうなることがあるわ。ちょっと休めば元気になるからって」とあっけらかんとしている。原田は代わりに指と舌を使って由香の躰に奉仕する。性感覚が鋭い由香は、それだけでも快楽の坂を昇り詰めた。

ある日、由香が躰のある場所に、四つのホクロがあると恥ずかしそうに笑った。由香の夫が発見したのだという。由香はラブホテルのベッドの上で、真っ白な下肢を露わにして大きく開いた。

「探してみて」

秘所をさらした自分の姿勢に、由香は気持ちを昂《たかぶ》らせ、顔を紅潮させて眼を閉じた。

その由香の姿勢から、ホクロのありかは、女性器の周辺なのだろうと原田は見当をつけた。顔をすれすれに近づけ、柔らかな秘毛を指で分けてみるが、簡単には見つけられない。

躰を繋《つな》いだ後なので、由香の秘所は濡れて、開きぎみの火口が覗《のぞ》いてた。

原田はその火口付近の縁《ふち》の周囲に、黒点をようやく見つけた。「あったよ」と由香に言うと、「恥ずかしい」と由香は顔を両手で隠した。

原田は、由香の秘所を覗く由香の夫の姿勢を想像して嫌悪した。そして耐え難い嫉妬心に駆られて、乱暴に由香の下肢を開き、その間に顔を埋めた。

由香は、人目を避けて待ち合わせる場所を数カ所、知っていた。

「よく探したなあ」と感心する原田に、「二人で見つけた場所でしょ」と由香は真顔で言う。由香の意識の中では、待ち合わせに適した場所に、一度でも原田を連れていけば、二人で見つけた場所とくくるらしい。

原田は苦笑しながら、あえて反論はしないでいた。

由香の夫

夜の八時過ぎに原田の携帯電話に由香から着信があった。原田は不審に思った。夜間は用心して連絡を取り合うことはなかったからだ。いやな予感がした。

着信音がやまない携帯電話に、ためらいながら原田は手を伸ばした。

そしてそれを耳にした途端、怒声が飛び込んできた。

「人の家庭を壊す気か！　慰謝料を請求するぞ！」

原田は携帯電話を取り落としそうになった。

瞬間、顔の知らない由香の夫の存在が、大きく膨れ上がり動転した。原田のことが知られたのだ。それは時間の問題だったかもしれない。無防備過ぎたと原田は思った。

電話のむこうで、由香が言い訳しているのが聞こえた。うろたえている由香の様子が浮かぶ。会話が、かみ合っていないようだ。

由香の夫が続けて原田に向けて怒鳴った。

「家のローンが残っているんだぞ!」

由香の夫は離婚を考え、そして家のローンの支払いを原田に引き継がせようとしているのか。

動悸を抑えながらも原田は、由香の夫の、その一足飛びな物言いに違和感を覚えた。そして、筋肉質で硬派な男ではないなとなんとなく思った。アルコールが入っている様子だった。由香の夫との会話は、続かずに終わった。取りあえずは原田に、不倫が露見したことを、通告したということのようだった。

翌日、原田は落ち着かない気分で終日過ごした。その後、一日置いて由香から簡単なメールが届いた。その日の昼に電話するというのだ。由香の声を聞くまでの時間を、原田はとてつもなく長く感じた。夫の出勤後と思われる昼に由香からの電話を受けた。

由香の夫は冷静になって、事を荒立てたくないと言い、慰謝料は求めないとのこと。原田はそれを聞き、ほっとはしたが、この先どう展開していくのか読めずにいた。由香の話に耳を傾けた。

由香の夫が、原田との不倫を知ることになったきっかけを、由香は問わず語りに口にした。原田はそれを聞いて、あ然とした。

由香の最近の行動に、不審に思っていた夫が、洗濯機の中にあった見慣れない水色のショーツを見つけて、由香を問い詰めたことがきっかけだというのだ。原田と会う日に由香は、夫に見せたことのない水色のショーツを身に着けた。由香なりのこだわりだった。

それを他の洗濯物と一緒に、うっかり洗濯機に入れてしまったが、由香の夫がそれ見つけて、由香の不倫を確信したという。問い詰められて言い訳が出来ず、原田とのことを由香は口にしたという。由香の夫は、妻の下着をすべて把握しているのか。原田の年代では、とうてい理解できないが、やせ我慢せずに、ショーツを返さずに受け取っておけばよかったと原田は悔やんだ。それにしても、あっさりと不倫を認めた由香にも原田は驚いた。なんという夫婦なんだと原田はため息をついた。

由香との携帯電話のメールのやりとりもすべて見られたという。マドンナの愛称を、原田が由香に付けていたことも知られた。

慰謝料を要求する気はないと言ってるという由香の夫。それなら収《おさ》まりどころは一体どうなるのか。原田は思いあぐね、不安になった。慰謝料に代わる何を求めるのか。主導権は明らかに由香の夫にあるのだ。

誓約書

由香の夫から、原田に対して何もアクションが無いまま日が過ぎていった。

耐え切れずに原田は腹を決めた。

自分のほうから由香の夫に会うことにし、由香にそのことを伝えてもらうことにした。ためらいながら、メールで由香にそれを伝えると、即座に返信メールが届いた。原田が行動を起こすことを由香は待っていた様子だった。

対面する場所は、以前、三枝みずき主催の歌謡祭が行われた市立文化会館とした。その会館の入り口を入ると広いホールがあり、テーブル席が幾セットかある。そのテーブル席で、原田は目印に、新聞を読んで待っていることにした。

当日、原田は約束の時刻よりも三十分早くそのテーブル席に着いた。そして新聞を広げようとした途端《とたん》、背後から声を掛けられた。

「原田さんですか?」

驚いて振り向くと、細身《ほそみ》で中背の男が立っていた。

原田が椅子から立ち上がり、会釈すると「瀬戸裕二です」とその男は緊張した面持ちで名乗った。年齢が二回りも違う由香の夫なので、さすがに若い感じで、美男ではないが嫌《いや》味《み》の無い顔立ちだった。緊張した面持ちで原田の顔をじっと見ている。

「迷惑をかけて申し訳ありません」

第一声で原田は、そう詫びるしかなかった。

「数年前に、妻の相談所に由香さんが娘さんのことで相談に来られた縁で知り合いました」と由香との出逢いを、原田は事実に基づいて口にした。

そして原田が「障害のある娘さんの母親だというので印象が強く残っていました」と当時の由香に感じたことをそのまま告げると、瀬戸裕二は間を置いて、ぽつりと言った。

「障害のある娘が生まれたのは、特殊な遺伝子を持つ自分に原因があるんです」

声が沈んでいた。初対面の展開を、あれこれと想像して恐れていた原田は、思いがけない滑り出しに戸惑った。

一週間ほど前に、電話越しに原田に怒声を浴びせた由香の夫である。

初対面では、妻の浮気相手の原田に、強面《こわおもて》で気負い立つ夫を想像していたのだが、気弱な雰囲気さえ感じられた。目の前に立つ瀬戸裕二が、テレビで目にするお笑いタレントに似ていると思うゆとりさえ、原田に生じた。

由香のことを除けば、共通の話題などあるわけはなく、会話は進まない。

原田に、要求ごとが多くあるはずの瀬戸裕二が無言でいる。年長の原田に対して気後《きおく》れしている様子さえある。不倫された夫として恥じているのか。言葉が出てこない裕二にやむなく原田が、乞われもしないのに、由香との付き合いは、一線を画すことを口にした。
・今後は二人で会うことはしない
・通話もメールのやり取りもしない

・由香との付き合いを第三者に口外しない
・公共の場で偶然遭遇したり、催し物で偶然出会ったりすることは例外とする
などを原田は瀬戸裕二に約束した。

裕二は原田への要求ごとを何一つ言わず、まるで原田に詫びにきた立場のような雰囲気さえあった。

年下の裕二のそんな様子に、安心させてやりたいという気持ちになり、後から考えると過剰な反応をしてしまった。

誓約書を作り、後日取り交わすことを原田は約束したのだ。慰謝料を請求されても拒否できない原田であったから、なおさら、そんな段取りを提案したのだった。


ホールから先に退出する瀬戸裕二の背中を原田は見送った。見栄えがいいとは言えない瀬戸裕二のたたずまいと、男としての存在感の薄さに、由香は、いったい裕二のどこに魅かれて一緒になったのかと腑に落ちなかった。

その後ろ姿は、寂しげでさえあった。


原田に行政書士の知人がいた。

原田はその事務所を訪ねて、誓約書の文面を相談した。

かの行政書士はあらましを原田から聞き、「女性の方から不倫を認めるのは珍しいね」

と笑いながら原田の顔をじっと見た。

　会わないこと、電話やメールをしないこと、他人に口外しないことなどの約束事を明記した誓約書を即日仕上げた。誓約書は原田と由香が連名で、裕二に誓約する形で、また裕二の署名欄も設けられた。それに裕二が署名すれば、裕二の口から他人に語られることはなくなる。

　そこまでは、原田が気づかないことだった。

　原田は署名して、返信用封筒も同封し、瀬戸裕二宛に送付した。

　日を置かずに、由香と裕二が署名した原田の控えとなる誓約書が返送されてきた。

　区切りをつけたことで原田は、ほっとはしたが、瀬戸裕二と由香の組み合わせに、どうにも違和感が残り、割り切れない気持ちを沸かせていた。女の魅力に溢れた由香に対して、対面して伝わってくる裕二の男としての印象は小粒で覇気がない。原田の中で、もはや崩れたマドンナの由香といえ、裕二を由香の夫とは認めがたかった。

　由香が身に着ける下着を買う裕二、由香が生理のときは、性欲を抑えきれずに、ふすまを蹴ったという裕二。由香から聞いていた裕二のエピソードと、対面して感じた裕二の、予想外の気弱な人間像が重なり、裕二に対して蔑《さげす》む気持ちが原田の中に湧いた。唯一、同情した部分は、障害のある長女の誕生が、裕二のDNAに起因するものだという裕二の告白を聞いたことだった。その負い目を背負って生きる裕二を、原田は、ふと気の毒にも思った。

第六章　渇愛の代替

舞踏教師　日浦智子

誓約署を取り交わしてから、半月ほど過ぎた。由香への想いが、何事よりも優先して、原田は悩ましい日々を過ごしていた。由香の艶《なま》めかしい肢体が浮かび、手に残る由香の肌の感触や、由香の喘《あえ》ぎ声が蘇る。由香が恋しいという思いと、しなやかな由香の躰への未練。それらは呪縛《じゅばく》のように原田を捕らえて苦しめた。

三枝みずきのカラオケ教室へは、足が遠のいていた。友人の木戸がオーナーのスナック〈シャーロックホームズ〉へは、以前と同じペースで通った。

だが、カラオケマイクを手にすることは減った。マスターの木戸が、原田に何か言いかけようとしては口をつぐんだ。グラスを手にしたまま、由香を想い、ぼんやりとすることが増えた。

ある夜、〈シャーロックホームズ〉で、三枝みずきと顔を合わせた。その時、みずきは和服の年配の婦人を伴っていた。その婦人はどこかで見かけたように原田は思った。みずきがその婦人を原田に紹介した。

「私の踊りの先生の日浦さんです」

その婦人は、みずきの歌謡祭の時に、舞台の袖にいて、みずきの日舞を見守っていた女性だった。丸顔で眼が大きく、六十代の初めと思われるその婦人は、原田に笑顔を向けた。

「日浦智子です。歌がお上手ですね」と親し気に言う。

「みずきさんの教室で最年長の生徒です」と原田は返した。

みずきが「日浦さんは原田さんの声が気に入ったそうよ」と笑顔で言う。

微笑みながら、じっと自分を見ている日浦智子に原田は視線を合わせた。

その夜、原田はみずきに勧められるままに久しぶりにカラオケマイクを手にした。歌ったのは谷村新司の〝愛去りて〟という古い曲だった。

考えまいとしても由香の顔が、歌うほどに浮かんだ。その曲の歌詞は、年を重ねてから、別れた恋人を偲ぶ内容で、まさに原田の心情を表現していた。歌い終わると、みずきが原田に微笑して、意味ありげにうなずいて見せた。傍らの日浦智子が、拍手をして原田を見ていた。続いてみずきが、原田が歌ったあとの、寂しげなメロディーの余韻を打ち消すように、持ち歌を明るく歌った。

一時間ほど〝シャーロックホームズ〟で、みずきたちと時間を共に過ごした。日浦智子が原田に、三色刷りのカラフルな名刺を差し出した。ダンス教師と日舞師範の肩書がある。

「どうぞ見学においで下さい」と智子は微笑んだ。そして「私も主人を十年前に、がんで亡くしています」と言った。みずきから原田のことは聞いているようだ。日浦智子が、初対面の原田に親しげに接するのは、互いの伴侶を、がんで亡くしていると知ったせいかと思った。

〝シャーロックホームズ〟を出る時、みずきが近づき、原田の眼をのぞき込むように見ながら「預かってきたわ」とそっと小さな封筒を原田に渡した。

差出人の名の無いそれは、由香からだと原田は直感した。すぐにも開封したかったが、事情を知ってるかのようなみずきの目の前でも、さすがにそれはできなかった。

帰宅する車の中で原田は、気ぜわしくその封筒を開けた。はたして由香からだった。

(ごめんなさい。会えないのはつらいです。みずきさんにはすべて話してあります。時間をください)

初めて目にする由香の滑らかな文字を、原田は繰り返し辿った。

会える機会は、はたして来るのだろうか……。

由香との出来事は本当だったのだろうか。幾度も原田は、反芻するのだった。

〝シャーロクホームズ〟のマスターの木戸から、電話があったのは夜の九時過ぎだった。日浦智子が来ていて、原田に会いたがっているという。しかも三枝みずきと一緒ではなく一人だとのこと。

一度しか会っていないのにと原田は思ったが、三枝みずきの踊りの先生となれば、無視できず、原田はタクシーを呼び、〝シャーロックホームズ〟へ向かった。

日浦智子は、店のカウンターテーブルのスツールに、紺色の絣《かすり》の着物姿で腰かけていた。原田を見て「お呼びだてしてごめんなさい」と嬉しそうに大きな瞳を向けた。スツールに腰かけているが、履いている草履の足裏《あしうら》が床に着いていない。その様子を見た原田は、店内の奥の、四人掛けの大きなソファー席へ日浦智子を誘った。着物の裾を合わせながら、ソファーへ腰を下ろして智子は、ほっとした表情を見せた。

「これなら落ち着くわね」

丸顔の智子の頬がほんのりと染まっている。

ワイングラスの底にワインが少ししかない。

智子はマスターの木戸に追加を頼んだ。木戸が、原田にからかうような笑顔を向けた。みずきと一緒だった時には気づかなかったが、その夜の日浦智子には、年齢を感じさせない艶やかな雰囲気があった。

「踊りの教室が終わってから、急に飲みたい気分になって来たんです。……あなたがいることを期待してたのね。待っている間にちょっと飲み過ぎたみたい」

智子が頼んだおかわりのワインと、原田の水割りのウイスキーグラスを、木戸が運んできた。智子と原田はグラスを合わせて乾杯をした。

「これってデイトよね？」

智子はマスターの木戸に聞こえないように小さい声で言い、そして付け加えた。

「原田さんは洋画を見ますか？」

「見ますよ」

「洋画のデイトって日本の場合と違うみたいね」

「どう違いますか？」

「あのね……」

智子は原田の眼を見て、言いよどんだ。頰の赤みが増していた。

「デイトのあとに、別れてすぐ帰ることは少ないみたいね」

原田も、洋画の恋愛ドラマは好んで見ているので、智子の言おうとしていることは想像できたが、あえて聞いた。

「どうなるんですか？」

「どちらかの家に行くのが多いみたい」と智子は下を向いて笑った。原田はあいまいに頷いてみせた。

智子のワイングラスはすでに半分が空いている。飲むピッチが速い。

今夜はどういう展開になるのかと原田は胸が少し騒いだ。由香と過ごした濃密な時間に代わるものを求めている自分がいた。智子のペースに合わせることにした。

智子の両親は数年前に亡くなり、息子がいるが、都会で所帯を構えているという。

智子が夫と死別したのは十年ほど前で、それを契機に、家の離れに子供のいない叔母夫婦を住まわせていた。叔母は介護を必要とする夫の世話に追われているとのこと。

「私は一人暮らしも同然なの」とゆったりとした口調で、息を吐くように智子はつぶやいた。ワインの飲み過ぎのせいか、智子の躰が揺れ始めたのを見て、店のマスターの木戸が原田に顔を振ってみせた。これ以上は飲ませないほうがいいということだ。

タクシーを呼んでもらい、原田が送っていくことにした。

智子の耳元でそれを伝えると「嬉しいわ」と原田の腕を摑んだ。

抱えるようにして、原田は智子を店の外に連れ出し、待機していたタクシーの後部座席に共に乗った。

タクシーが走りだすと智子は、体を寄せて原田の肩に顔を乗せ躰を傾けた。着物を通して智子の腿が原田の腿に触れた。

ダンスと日舞の、教室を兼ねたスタジオが併設されているという智子の住居が近づいた。

智子が原田の耳元で言った。

「今夜は洋画のデイトと同じにしてね」

原田はうなずいて、智子を抱えて共にタクシーの外へ出た。初めて見る智子の住居は、外灯の灯りを受けて、建物の輪郭を黒く浮かび上がらせている。どっしりとした構《かま》えだ。

「こっちよ。教室を案内するわ」

よろめきながら智子が、住居に隣接する建物の入り口に立った。智子は手提げ袋からキーを取り出し、おぼつかない手つきで建物の入り口のシャッターに向けて、キーのリモコンボタンを押した。シャッターがゆるやかに上昇して玄関口が現れた。ドアを開け、灯りのスイッチ入れると、玄関口につながる磨かれたフローリングの、広いホールが目に入った。

ホールの天井は高く、見上げると光沢のある白く太い棟木《むなぎ》が、がっしりと組まれている。あえて棟木を露出させて、豪壮な趣《おもむき》を醸《かも》し出しているのだ。腰板の上は白壁になってホールを囲んでいた。和服が何着も掛けられた衣桁《いこう》が、ホールの片側に幾つも置かれている。

そして反対の壁側には、さまざまなデザインの、華やかな色柄のダンス用ドレスが、何着も衣紋掛けに吊されている。それにも目を奪われた。着物はもとより、ドレスも高価な物ばかりであることは想像がつく。両方とも希望する生徒に貸し出すのだという。

ホールの壁に、日本舞踊の流派の師範の免状の額と、ダンス教師の免状の額が並べて掛けられていた。ホールの中央に音響装置がある。舞踊曲やダンス曲を流すためのものと思われた。その横に長いソファーとテーブル、冷蔵庫等が置かれていた。智子は、そのソファーに腰を下ろし、原田の手を引いて自分の隣に腰かけさせた。そして傍らの冷蔵庫からビールを出し、原田に渡そうとしたが、原田は水を希望した。智子はゆらりと立ち上がり、冷蔵庫の中から、水の入ったボトルを出そうとして、バランスを崩し、ソファーに腰を下ろしていた原田の膝の上に倒れた。

それは計算された動作ではなかったが、とっさに智子の躰を受け止めた原田を、智子は下から見上げる具合になった。一瞬、間があり、着物の袖から両腕を露わにして智子が、原田の顔を両手で挟んだ。そしてどちらからともなく顔を重ねた。

長い口づけの後で、原田は顔を離して「今日はここまで」と言ったが、智子は「もう少しいて欲しい」と原田にしがみついた。

原田のためらいは、それであっけなく消えた。ソファーに智子を寝かせて再び唇を重ねた。

由香と過ごした熱い時間が、脳裏によみがえった。原田は、智子の着物の裾から手を入れた。年齢を全く感じさせない張りのある引き締まった豊かな腿だった。日本舞踊とダンスを生徒に教えながら、自らも踊るせいか。

智子は反射的に両膝を閉じようとした。しかし息を乱して、その膝の力は次第に弱くなり、やがて原田の手の侵入を許した。

着物で過ごすのが習慣とはいえ、智子は下着を着けていなかった。それは遠い時代のことではなかったのかと原田は思いながら、気持ちを昂《たかぶ》らせ、智子の内腿の上下に手を這わせた。唇を重ねたまま、ゆっくりと滑らせた手が辿りついたそこは、湿っていて、原田の指がするりと沈んだ。

「あっ」

智子は短く大きな声を上げ、首をのけぞらせた。夫が病床にあったときから、夫婦の交わりはなく、そして亡くなってからも今日まで、男に肌を触れさせることはなかったのかも知れない。長い間眠っていた快楽の芽を、原田は掘り起こしたのか。

智子はくぐもった吐息を漏らし、目を閉じて原田にしがみついた。やがて自ら着物の帯を解いた。そして胸元を緩ませ、襟を広げた。

大ぶりな乳房が覗《のぞ》き、原田の欲情を刺激した。

原田は襟元から手を差し込み、固くなった乳首を優しく撫ぜた。智子が首を後ろに反らした。智子は着物の両袖から腕を抜き取り、襦袢だけになり、脱いだ着物を敷物にしてソファーに身を横たえた。智子の躰を這う原田の手の動きや躰の合わせ方は、由香との濃密な交わりで、原田が学んだことが下書きになっていた。由香は、自分の躰の上を通り過ぎた男たちから、教えられた快楽のツボを、原田に無意識に伝えてた。原田はその軌跡をなぞり、時間をかけた。原田の躰の下で智子が昇り詰め、しがみつき、果てた。

原田は疲労を感じながら、ほっとしていた。

夜更けに原田は智子の家を出た。閑静な住宅地で、その時刻にタクシーを呼ぶことは、はばかられたので、智子の家を出てから、しばらく歩いた。頬に当たる風が心地よく、見上げると、ほぼ満月に近い月が、夜空に高く光を放っていた。

初めて智子と躰を繋いだことに肉体的な満足感はあったが、それ以上のものはなかった。躰のポケットは埋められたが、心のポケットは空《から》のままで満たされなかった。そのポケットは、由香が占めていたのだ。

躰の繋がりが出来た女の方から、男に次の逢瀬を求めることに、還暦世代の智子は、ためらいがあったようで、原田からの連絡をいつも待ち望んでいた。そして原田からのメールには間をおかずに返信した。その上、必ず都合は付けて原田と逢った。逢う時間帯は、日舞とダンスのレッスン終了後で、別棟に住む叔母夫婦の、就寝時間帯だった。ラブホテルを利用することを智子は嫌い、いつも自身の教室のホールに、敷物を敷いて原田を待っていた。そしてその上で原田に抱かれた。自分の城で、自由に振る舞える気安さからか、智子は小柄だが豊満な肢体を露わにして、原田が望めばどんな姿勢にも応じた。そして原田の愛撫に反応する自分の躰に、智子自身が驚いている様子があった。二度目に抱かれた時に原田の耳元で言った。

「私と会うのは、誰かの代わりでもいいわよ」

原田の心境を言い当てていた。智子は三枝みずきから、原田と由香の関係を聞かされていたのか。智子は数回の交わりを持った後に言った。

「原田さんに抱かれて、まだ自分の躰には、未開発の部分がある気がするわ。もっと知りたい」そして付け加えた。「原田さんと付き合い始めたことは、みずきさんには当分隠しておきたいの」

原田も智子と関係を持ったことを、みずきに知られたくなかった。みずきを通じて、由香に、智子とのつながりが伝わることは避けたかった。智子に恋愛感情はもたなかった。

由香を想うと躰が熱くなり、その疼《うず》きに負けて、智子の家に行き、飛びつくように出迎える智子を抱くのだ。

由香が占めていた心の空間を、智子によって満たされるはずはなく、智子を抱いたあとは、いつもむなしさだけが残った。

原田の分身の勢いがない日が時々あった。

そんな時、躰をつなぐことに習熟し始めた智子が、それを口に咥えて、長い時間をかけて蘇生させた。そしてようやく智子を貫くことができたのだ。

ＥＤ（勃起不全）症状を自覚し始めた原田は、かなりのショックを受けた。そしてスナックの経営者で、親友の木戸浩司に思い切ってそのことを相談した。

わけ知り顔に頷いた木戸が、半月後にＥＤ治療薬の資料を原田に渡し、購入方法も教えてくれた。原田はさっそく、それらの治療薬を購入した。

そして智子を抱く前にそれを飲み、効果を試した。初めは半信半疑だったが、分身は確かに起き上がり、また硬度を保ったまま、智子の中に進入できた。以来原田は、ＥＤ治療薬を切らさずに持ち歩くようになった。

第七章　妻の親友

水谷舞子

亡くなった妻の秋子を思い出す日が来た。秋子の親友の水谷舞子から、ある講演会の案内が原田に送られてきたからだ。水谷舞子はK市の医師会の事務局に勤務する保健師で、看護師の資格も持ち、医師会が運営する準看護師養成学校の常勤講師もしていた。

秋子も生前は、ある時期にその養成学校で、非常勤の講師を務めていたことがあった。それが縁で水谷舞子と秋子は、親密な友情で結ばれた。また舞子は、原田とは同年齢であったこともあり、原田とも気さくな会話を交わす間柄であった。秋子の葬儀の際には、水谷舞子に、友人代表での弔辞を依頼したが、舞子はためらわずに引き受けてくれた。

舞子には、様々な病歴を持つ夫がいたはずだが、秋子の死後は、不定期に顔を合わせるほかは疎遠になったので、その後のことは知らずじまいだった。

その舞子から、K市の医師会主催の講演会の案内状が届いたのだ。舞子は医師会の事務局で講演会を企画し、その運営に携わるなどの多彩な活動も継続していた。

原田宛の講演会の案内はこうだった。

「ご無沙汰しております。秋子さんとの思い出に包まれたまま、毎日を過ごされているのではと推察いたします。まだ時間が必要でしょうか。同封のビハーラ活動〔仏教と医療、生死と現代を考える会〕の講演会の案内をご覧いただき、是非、ご出席下さいますようお願い致します。（追伸）夫は三年前に他界いたしました。前立腺がんでした」

原田は、水谷舞子に懐かしさを覚えた。

そして舞子の夫が他界し、それを知らないでいたことに悔いが湧いた。そんな気持ちから、舞子が企画した医師会主催の、講演会の案内に素直に応じる気になった。

講演会のテーマの、ビハーラ活動「仏教と医療、生死と現代を考える会」とは何か？

講演会当日、原田は受付にいた水谷舞子に数年ぶりに再会した。面長の色白な顔に眼鏡をかけ、微笑しながら、数人の受付嬢と共に原田を迎えた。原田とは同年のはずだが、老けた印象はなく、むしろ表情は若やいだ印象があった。舞子は背が高い女性だったと原田は改めて認識した。

「御足労掛けて有難うございます」

「元気そうで良かった。その節は大変お世話をかけました」

周囲に人がいたので、型どおりの儀礼的な挨拶になった。

講演会の会場の入り口に向かった原田の後を追い、舞子が口早に言った。

「終わってから飲みに行きましょ。必ず！」

何故、舞子が、念押しをするような物言いをしたのかと原田は思いながら、講演会場に入った。

二度目の約束

二時間余りの講演会が終わった。

講演会の講師は、K市近郷の浄土真宗の住職である。なぜお寺の住職が？　と不思議に思ったのだが、講演を聴き、舞子が講演会の案内を送ってくれたわけが分かった。講師の講話の趣旨はこうだった。

……仏教・医療・福祉のチームワークによって、がん患者などの終末期医療を受けている人々を、孤独の中に置き去りにしないように、その心の不安に共感し、少しでもその苦悩を和らげようとする活動をしています。

N市のN病院では、仏教を背景とした緩和ケア病棟・ビハーラを開設しています。サンスクリット語「休憩の場所・寺院」を意味するビハーラでは、末期のがんと分かった人が、看護師や医師、僧侶、家族らと共に一日一日の今という時を過ごしています……。

原田は講話を聴きながら、亡くなった秋子を想いうかべた。一日でも、おだやかな心で話せる日があったらよかったのにと、しばし瞑目した。

原田は、舞子が講演会終了後の、残務整理を終えるまで、会場に隣接するフロアのソファーに腰かけて待っていた。

陽射しが弱くなり、街に灯りが付き始めていた。窓の外の樹々の枝が揺れている。風が強いようだった。

やがて舞子が、薄みどりのコートを羽織り、姿を見せた。落ち着いた雰囲気がある。初めて真正面から、水谷舞子という一人の女性を見たように思った。

「さあ飲みに行きましょう」

勢いよく舞子が言い、笑顔を向けた。タクシーで向かったその店は、舞子の自宅からそう遠くない位置にあり、なじみの居酒屋のようだった。カウンター席と小座敷があり、合わせて二十人余りのスペースの和風の店だった。五十代の男主人と顔が合うカウンター席に、原田と舞子は肩を並べて腰かけた。

舞子とは数年ぶりに会い、ましてや酒席を共にすることは初めてなので、二人とも少し場慣れしない感じがあった。

舞子は今、独り暮らしだと言った。舞子は複数の病歴を持つ夫と二人で暮らしていたが、その夫は三年前に、前立腺がんで亡くなったという。原田は知らずにいて、葬儀にも出なかったことを詫びた。舞子は顔を振った。

「あえてお知らせしなかったんだからいいんです」

息子が二人いるが、長男が横浜で、次男が岡山で所帯を持っているという。病弱な父親を気遣い、お盆と正月には、どちらかが必ず帰省したとのこと。

舞子の話は、店の主人には筒抜けだが、舞子は、一向に気にする様子はなく続けた。

医師会に勤務するかたわら、韓国語の学校へ通っているとも舞子は話した。その教室の数人とは、友達付き合いをしているという。

舞子は原田にならい、日本酒を冷酒で飲んだ。頰に赤みがさすまでに時間を要したから、かなりの酒豪のように思えた。舞子は会話の大半を、秋子との思い出話に費やした。そして不意に言った。

「誰かいい女性《ひと》は、出来ました？」

原田は一拍置いて答えた。

「特定の女性はいません」

「そうですか？」

舞子は額面通りには受け取りませんよと言いたげに微笑んで、原田のグラスに酒を満たした。

「貴女は？」

「まだ三年しか経ってないから」

舞子が言う三年とは夫が亡くなってからの経過年数である。

「そんなもんですか？」

言いながら原田は、相づちとしておかしな物言いだと自分でも思った。

「そんなもんですよ」と同じように返す舞子。

「まだご主人が忘れられないということですか？」

「違うけど、ほかのことに心が動かないっていうか……」

舞子はじっと前を向いて言葉を探していた。

病弱な夫に付き添った長い月日を思い起こしているのかもしれない。

原田は久しぶりに酒量が多くなり、ゆったりとした酔いが体を満たしていた。

原田は何気なくちらっと腕時計を見た。十時を過ぎていた。そんな原田の様子に、

「また飲むことにしましょう」と舞子が言い、身支度を始めた。

「もういいんですか？」

「ええ」

笑顔を見せたが、舞子の声にどこか疲れているような響きがあった。

原田が支払いを済ませると居酒屋の主人が、原田に「有難うございました」と丁寧な口調で言った。古い馴染み客の舞子の連れに対して、敬意を払ったということなのかもしれない。

その夜は星も見えない暗い空で、風が強く吹いていた。雨も降ったのか居酒屋の店先の舗道が濡れていた。舞子の自宅へは、秋子の生前中に一度、二人で訪問したことがあった。店からそう遠くないと言っていたが、夜なので方角も距離感もつかめない。舞子は、当然のように自宅へ原田を案内しようとしていた。

原田は舞子を自宅まで送り、玄関先で別れるつもりでいた。舞子の家はK市の中心街に

あった。自宅までは街路灯が途切れず、雨で濡れた舗道を照らしていた。大通りから少しそれて小路に入り、白いドアを備えた舞子の家の玄関前に着いた。

「今日はお疲れ様でした。また飲みに行きましょう」と原田は軽く頭を下げた。

「ちょっとだけお寄りになりませんか？」

「いやもう遅い時間なので遠慮します」

「そうですか」

舞子は未練の残る口ぶりで、原田の顔をじっと見た。玄関先の灯りに浮かんだその顔がどこか寂し気で、惹き込まれて原田は口にした。

「また連絡します。飲みに行きましょう」

舞子が微笑み、原田に近づき、肩に手を置いた。「じゃあ連絡待ってますね」

香水の香りを残して、舞子は身をひるがえして、自宅の玄関口のドアに消えた。原田は大通りまで戻り、通りかかったタクシーを停めて身を乗り入れた。心地よい疲労感があった一方で、思いがけず舞子との距離が、急に近くなる気配に戸惑ってもいた。だが流れに任せることにしようと思った。

予期せぬ展開

原田は約束通り舞子を二度目の酒に誘った。電話口での舞子の声は、弾んでいた。

原田はタクシーで舞子の自宅へ迎えに行った。舞子を案内した店は、客層が比較的に若く、料金が少し高めだが個室造りで、店内の照明も、明るさを抑えて落ち着いた雰囲気があった。K市の山側に位置し、舞子の自宅からは、かなり遠い距離にある。〝シャーロックホームズ〟のマスターの木戸が紹介してくれた店だった。

四人分の椅子がある部屋で、相向かいに腰かけた。舞子の希望で、初めはワインで乾杯した。

「残りの人生を楽しもうと決めたんです」

と舞子が切り出した。

「ご主人には尽くしましたね」

「妻としては当たり前かもしれません」

「やり切った感はあるでしょ?」

「主人はケリを付けて、逝ってくれたようにも思います」

ワイングラスをじっと見ながら、舞子はつづけた。

「夫婦って何だろうなと幾度も考えました」

「ご主人と結婚したことを後悔したことありますか?」

「……ないわね。原田さんはどう?」

「秋子は急に逝ったから……振り返る機会が無かったけども、悔いることはないかな……」

「そう? お互い何よりね」

二人は顔を見合わせて笑い合った。原田は肩のこりがほぐれたような気がした。ワインから舞子はハイボールに、原田はロックに変えた。

舞子はボランティアで、盲導犬を必要としている人の介助をしていると話した。原田は会話を交わしながら、舞子をさりげなく観察した。色白で面長な顔に眼鏡をかけていて、眼鏡越しの瞳は黒く澄んで、理知的な感じがした。原田の周囲には、そんな雰囲気を感じさせる女性はいなかった。時間の経過とともに、舞子の頬が染まり、笑顔が続いた。

「二次会はウチでやりましょ」と言う舞子に、

「カラオケでも行きませんか？」と原田が提案すると「また逃げるんですか？」と舞子は原田を軽くにらんだ。

「それでは……お言葉に甘えます」

ウイスキーは廻りが速く、時間の経過とともに、二人を饒舌にした。舞子がトイレに行ったのをしおに、原田は会計を済ませてタクシーを頼んだ。

タクシーの車内で膝が触れたが、舞子は身じろぎせずにいた。原田の中で急速に高まるものがあった。舞子は途切れることなく世間話を続けた。次の展開を恐れているかのように原田には思えた。

タクシーを先に降りた舞子は、自宅の玄関の白いドアを開け「どうぞ」と笑顔を向けた。

舞子に導かれて洋風の居間に原田は足を踏み入れた。確か、数十年前に秋子と共に訪れた部屋だった。一瞬、秋子の顔が浮かんだ。

部屋のテーブルには、ウイスキーとブランデーのボトルとグラスが置かれていた。

ふわりとした黄色のワンピースに着替えた舞子が、氷を入れたアイスペールを持ち、部屋に戻ってきた。ワンピースが、豊かな胸の輪郭を浮かび上がらせている。テーブルの真向かいに腰を下ろした舞子が、原田にはまぶしかった。笑顔で舞子が言った。

「さあ二次会始めましょう」

原田はブランデーグラスに、注いでもらった。舞子は自分でグラスにブランデーを満たした。

「何に乾杯ですか?」

舞子に問われた原田は少し考えて、

「懐かしい知り合いとの再会に乾杯」

舞子は白い歯を見せて笑った。

「きれいが悪いわね。短くできない?」

「うーんとですね……じゃこれはどうですか。【予期せぬ再会に乾杯】では?」

「予期せぬ再会? 予期せぬとは再会したくなかったようなニュアンスにも聞こえるわ。迷惑な感じね。ほんとは迷惑なの?」

半ば冗談に、半ば真剣に舞子は原田にからんだ。原田は笑いながらグラスを持ち上げて「嬉しいです、乾杯」と言い、舞子のグラスに当てた。舞子は原田に視線を当てたまま、グラスに口を付けた。

会話が途切れた時、舞子が思い出したように立ち上がり「主人がサム・テーラーの曲が好きだったの」と言い、部屋に置かれていたCDデッキの傍に歩み寄った。そして一枚のCDを収納ボックスから取り出して、CDデッキにセットした。

「スターダストという曲よ。聴いたことがあると思うわ。主人がよく聴いていた曲です」

ゆったりとした重低音の、サックスの音色が心地よく原田の耳元にしのび込んできた。

舞子は椅子にもたれて、眼を閉じている。

曲が終わりに近づいた時、目じりが濡れているように原田には見えた。曲が終わると舞子はゆっくりと立ち上がり、CDが収納された箱から、また一枚のCDを取り出した。

「もう一曲かけますね。今度は私の好きな曲。オードリー・ヘプバーンが歌ったムーンリバーです」

舞子がつぶやくように言った。

「この曲で、よく主人とダンスしました」

サックスの音色は、感情をゆらし、秘めた想いを、浮かび上がらせる効果が有ると原田は聴き入った。

曲が流れてしばらくして「原田さん踊ります？」と舞子が言い、返事を待たずに立ち上がり、原田のそばにきて腕を取った。

酔いが心地良く体をめぐり、陶然としていた原田は、舞子に誘われるまま、椅子から立ち上がった。ダンスは青年時代にブルースとジルバだけ覚えたが、数十年の間、踊る機会がなかった。舞子の手を取り、その背に手を添え、曲に合わせて、ブルースのステップを律儀に踏んだ。理知的な印象が強い舞子を相手にして、酔ってはいても、何年も踊っていないダンスをするのは気おくれがした。

舞子の背中の温もりを手に感じて、原田は青年時代を思い起こした。酔いが一気に躰に満ちて、ステップが次第に小さくなり、舞子を引き寄せてチークダンスになっていた。舞子は逆らわずに原田の胸に頰を当て踊った。

甘やかな香りが原田の鼻を抜け、舞子の豊かな胸が布越しに触れて、原田は陶然となった。

その時、小さな声で舞子が言った。

「泊まれる部屋はあるから、時間は気にしなくてもいいわ」

「……ええ」

曲が終わり、原田は舞子を両腕で抱き、ハグをした。そんな衝動的な自分の振る舞いに原田は照れて、離れようとした。すると今度は舞子が、両腕で原田を巻いて抱きついた。そのままの姿勢で、無言で数十秒立ち続けていると、熱をはらんだ躰同士が会話を始めた。

そんな展開は原田には予想外だった。

互いに伴侶に先立たれた独り身同士で、遮《さえぎ》る垣根は無かった。また古希と表現される時を共有していて、余分なこだわりが淘汰《とうた》されて、男と女として向き合っていたともいえる。

原田は舞子の顎に手を添え、顔を上げさせ、唇を重ねた。長い口づけになった。

何をいまさら

隣の部屋は、薄ぼんやりとした灯りがともされていた。舞子は白いベッドカバーで覆われたベッドの脇に立ち、眼鏡を外し衣服を脱ぎ始めた。真っ白で豊満な肢体を一瞬露わにして、舞子はするりとベッドにもぐりこんだ。続いて裸になった原田がその背を抱くようにベッドに入った。舞子の背中越しに原田は、膨らみ切った乳房を、手に収めようとしたが手に余った。原田の手は、舞子の乳房から滑り下りて腹部を撫ぜ、量感を感じながらゆっくりと太腿から内股に滑った。舞子は眼を閉じ、原田の手が引き起こす快楽の前触れに息を乱した。原田の手は多分、舞子が予想した部分へは行かずに乳房に戻り、乳首を撫ぜた。そしてそれを口に含み、同時に手はまた腹部に下りて、触れるか触れないかの微妙なタッチで、時間をかけて腹部と太ももを徘徊した。すると舞子は待ち切れないというようにいきなり原田の手首を掴み、それを自分の股間に押し付けた。陰毛で覆われたそこは熱く湿っている。快楽の芽に、原田の指が不意に触れた。

舞子はのけぞりながら、原田の手を逃がさないとばかりに両腿で締め付けた。埋もれていた淫情に舞子がストレートに向き合っている。長い間、孤閨に耐えてきた不自由感を解き放ったかのような舞子の乱れかたに、原田は感動さえ覚えた。

その一方で原田は内心焦っていた。初めて抱く舞子の躰を燃やすことに熱中するあまりか、原田の分身は、よそ事のように立ち上がる気配がないからだ。不用意に飲みほしたアルコールの量も多かった。そうでなくても、元々、壮年期とは違い、平常時でも股間の物は、勢いがなくなる世代である。原田は追い詰められていた。下半身に意識を集中しようとするが、分身は硬度を増す兆しはなかった。

原田は数年前に瀬戸由香を抱いた時に、同じことが何度かあったことを思い出した。由香はそんな時、原田に優しく接した。男は、時には勃起しないことがあることを由香は知っていて、失望するそぶりは見せなかった。

そして、舌と指で奉仕する原田の努力を受け入れて乱れて見せた。原田はその時の光景をよみがえらせた。

原田は、舞子の下肢を両腕で割り、その谷間に顔を埋めた。驚いた舞子は下肢を閉じようとしたが、やがて快楽の芽をむさぼる原田の唇の愛撫に負けて、両腿を力なく開くに任せた。露わになったそこに手の指をくぐらせ、更に舞子を狂わすスポットを探った。すると舞子がくぐもった声を発し、躰を震わせ、た。原田の指がそこで回遊する間、舞子は左右に体を揺らして喘いだ。一方で原田は豊満な舞子の乳房に舌を躍らせ、固くなった乳首をついばんだ。

急に舞子は下肢を閉じようとして原田の右手首を締め付けた。その力は強く、原田の手の自由は奪われた。原田はその力が自然にほどけていくのを待った。硬直状態になったら、更に刺激を与える必要はないことは、由香や智子など、接した女性たちが教えてくれた。舞子の唇に唇を重ね、髪を撫ぜながら、昂る躰から、快楽の余韻が引くのを辛抱強く待った。

朝方ベッドで目覚めた原田は、見慣れぬ部屋の天井の光景に、一瞬自分の居場所がわからなかったが、傍らで休む舞子の背中を認めて、どこに自分が今いるかを理解した。

舞子はいつの間にか、素肌を白いタオル地の夜着で包んでいた。

昨夜原田は、終わってから帰宅しようとした。すると舞子から「なぜ？」と問われた。続けて「何をいまさら」と咎めるように見つめられ、根負けして泊まることに決めたが、「何をいまさら」という物言いに少し違和感を覚えた自分だった。

原田がふざけて「同じベッドに寝てくれたらね」と言うと舞子は横を向いて笑い、機嫌を直したようだった。

再会して二度目に会って、そして躰の結び付きまでにジャンプした。ホップ、ステップの段階も省かれて、慣れた者同士のように同じベッドで簡単に朝を迎えたのだ。

目覚めて原田は、昨夜舞子の、躰の中に入れなかったことを悔やんでいた。出来るものならまたチャレンジしたいと思った。

ベッドから抜け出し、自分のバッグを引き寄せ、ＥＤ治療薬を取り出し、口に入れて含んだ。そしてベッド脇のテーブル置いてあるコップに、水差しから水を満たして飲み込んだ。そしてベッドに戻った。

背後から、舞子のタオル地の夜着の胸元に手を差し込み、豊かな乳房の頂きを、手の平で円を描くように撫でた。

そして、襟足に懸かる髪の毛を掻き上げて、現れた首筋に唇を当てて滑らせた。舞子がゆっくり反応した。

「もうっ！　まだ眠いわ」

と言いながら背中をむけたままでいる。照れている様子にも見える。原田は手を舞子の下腹部から量感のある太腿を撫で、股間に至る柔らかな内腿を上下して遊んだ。舞子がしっかりと覚醒するまで、わざと股間には触れないようにした。舞子の性格の輪郭が少しずつ、摑めつつあった。

やがて「もうっ！」と言いざま、舞子は原田の手を摑んで自身の股間に押し付けた。ストレートな舞子の振る舞いに原田は驚いた。

相変わらず背を向けたままだ。原田の手に触れたそこは濡れ始めていた。指をくぐらせ、昨夜探り当てたポイントをゆっくりとなぞる。

こらえきれないように舞子は、原田の手首を両腿で締め付けた。幾度もそれを舞子は繰り返す。原田の指の濡れ方が増してくる。舞子は昂っている。はっきり快楽に覚醒して顔を左右に振り始めた。そんな舞子を見ているうちに、原田の分身は明らかに硬くなり、首をもたげた。原田はほっとして、自信を持って舞子の躰を返し、下肢を広げた。

そして舞子の火口に、原田はそれをゆるりと挿し込んだ。舞子が原田の下でのけぞり、白い喉首を見せた。予期しなかった快楽に驚き、それに向き合い、目を閉じて顔をゆがめた。原田の腰が律動する。小刻みに、またゆっくりと。舞子が原田の躰にしがみつき、喉奥を震わせた。

「いい！」

その声が原田をさらに駆り立てた。腰の動きの強弱を不規則に繰り返す。

やがて原田は限界を迎えようとしていた。そのことを舞子の耳元で告げると、

「大丈夫、そのまま……頂戴！」と途切れ途切れに言った。原田は腰の動きを加速してから停止し、舞子の中に一気に精を放った。

隠れ部屋の提案

原田は舞子の家を出て帰宅した。再会して二度目のデイトで舞子とあっけなく男女の仲になってしまったことを反芻していた。

秋子の友人であった舞子とは、秋子の生前から、顔見知りで親しい間柄であったが、安直に男と肌を合わせる女性という印象はなかった。むしろ自分の意見が言える理性的な大人の女性という感じを受けていた。夫に死別した後に、原田と躰を交えたことがきっかけで、舞子の、隠れていた色情が露出したとでもいうのか。それとも性の愉悦にストレート

に浸る舞子の躰の反応は、亡夫が健康であった頃の、夜の名残を再現しているのかと原田は想像をめぐらせた。

はっきりと自分の意思を示す舞子の出現は、日ごとに原田の意識の中で、定位置を占めるようになった。恋したというのではないが、新鮮な感じがして、好もしい印象さえあった。

そんな心境に原田が陥るのを待っていたかのように舞子からメールが届いた。

「相談したいことがあるので会って下さい」

原田はすぐにでも会えたが、間を置いて三日後に行くと返信した。舞子と、どう付き合っていくのかが、定まらないでいたからだ。舞子も自分も若くはない。少なくとも互いを束縛するような、男と女の付き合いは避けたいと思った。

約束の当日、夕暮れ時に原田は舞子の家を訪れた。ドアを開けると、薄いオレンジのブラウスとスカートを身に着けた舞子が笑顔で迎えた。まっすぐに原田を見つめた。躰をつないだ者同士の、絡みつくような表情を浮かべていた。

「どうぞ上がって」

玄関口で靴を脱ぎ、フロアに足を踏み入れた原田に舞子は、ゆっくりと両腕で抱きついた。舞子の胸の膨らみを、衣服越しに感じて、はや原田の下半身が疼いた。

部屋に入り、ソファーに並んで腰を下ろすと同時に、どちらともなく顔を寄せて唇を求めた。唇を重ねながら原田の手が、性急に舞子のブラウスの上から乳房をまさぐるとその手を押さえて「あとでね」とやんわりと舞子は戒めるように言った。おやつはあとであげるねというような言い回しに聞こえた。原田は苦笑しながら、眼鏡越しに自分をじっと見る舞子の瞳を見返していた。何を舞子は言おうとしているのか。舞子が微笑んだ。ソファーから立ち上がった。

「コーヒーはブラックでいい？」

電動のコーヒーポットからカップにコーヒーを注いだ。原田が受け取り、一口すると舞子がおもむろに話し始めた。

「二人の専用の部屋をどこかに借りようと思うの。それでどこがいいか相談したくて」

原田はまじまじと舞子を見た。

「どうしてそれが必要？」

「この家で会うのは、ご近所の噂になるし、街なかだと看護学校の卒業生や知人も多いから目につきやすいでしょ？　アパートを借りたらいいかなと思って」

「……そこまで考えた？」

原田は受け止められずにいる。

（有名芸能人でもあるまいし……）

舞子とどう付き合っていくのかの結論がまだ出ていない。自分を飾らない舞子に、新鮮な感じを抱いた原田ではあったが、舞子の提案は唐突で返答に窮した。舞子との付き合いは、助走期間もなく、再会してすぐに濃密な関係になった。

舞子にとっては、ベッドを共にしたことが助走タイムだったともいうのか。原田は無言でいた。

「ねえー、どの辺りがいい？」

「……」

原田は冷めたコーヒーを飲みほした。

「ドライブしようか」

「探してみるの？」

舞子は目を輝かせた。

原田は、舞子の望むいわば、愛の巣を見つけるまでの意欲はまだ湧かない。

ドライブをしながら、舞子の思いつきの提案を、断念させる手段を見つけたいと思った。

午後の強い日差しが、次第に弱まる夕暮れ時、舞子を乗せた車を停めたのは、大学の校舎の裏手にある駐車場だった。くしくもその場所は、数年前に、瀬戸由香と待ち合わせを重ねた場所だった。

由香との会話や、しなやかな肢体が不意に浮かび、原田はハンドルを握ったまま、しばしぼんやりとしていた。二回りも年齢差があった由香は、原田にとっては終生忘れられない女性だった。華やかで、そして美しい顔を歪ませ、原田の躰の上で、ひたすら快楽を求めて律動した。原田はそんな由香の虜になったのだ。今でもその映像は、原田の脳裏に残り、消えることはなかった。

「どうしたの？」

助手席にいた舞子が、車のハンドルを摑んだまま固まり、前方の林を見つめてる原田に声をかけた。ふっと我に返った原田は、舞子の顔をまじまじと見た。そして不意に舞子を抱き寄せると唇を重ねた。

「こんなところで！」

と舞子は原田を突き放そうとした。原田は腕を緩めた。そして大きく息を吐いた。自然に口から言葉が出た。

「……数年前に好きな女性《こ》がいて、ここでよく会ってたんだ。その女性《こ》は人妻で、年が二回りも違ってた」

舞子は、いきなり話し始めた原田に、あっけにとられてた。

「ここで？　二回りも若い女性と？」

「そう。ここで何度も抱き合った」

「……」

原田を見つめる舞子の眼がけわしくなった。

「忘れられないのね？」

「……忘れたいけど、時々思い出すんだ」

「そのためにここへ来たの？」

「いや偶然来てしまった」

それは本当だった。愛の巣を、市内のどこかに定めようという舞子の提案への回答を、思いめぐらせているうちに、当てもなく走り出した原田の車は、無意識に大学の裏手の駐車場に向かっていたのだ。そのことで原田は、自分の心の奥深く由香が潜んでいたことに、改めて気づかされていた。

「忘れたくないいんじゃないの？」

舞子は抑揚のない感情が籠らない口調で言った。二回りも若い女性が忘れられないという唐突で、独白にも似た物言いを原田がしたことで、舞子は原田という男の、現在の心境を知った。

二回りも若い女性が、原田の心の中を占めている。自分という存在が、脇に置かれていることが、舞子の自尊心を大きく傷つけたようだった。唇を噛み、舞子は顔を車の外に向けた。

舞子が望む愛の巣探しは、原田が失恋話をしたことで、原田にはそのつもりがないことを気づかせたようだった。

「家に帰るわ。戻って」

舞子を自宅に送り届ける車中では、会話は弾まなかった。舞子は切り替えが早かった。頬を寄せることもなく、車から降り立つと背を向けて足早に玄関に向かった。男と女の関係はあっけなく終焉を迎えた。まるでジェットコースターに乗り、一巡《ひとめぐ》りしただけの付き合いのようだった。原田はドアに消える舞子を、車の中から見ていた。

　夕陽が沈み、街灯が灯っている。安堵と虚しさと、小さくはない未練に駆られ、原田はふうと息を吐いた。

第八章　最後のサプライズ

真野園江の出現

舞子とのことがあってから、年が明けた春先に原田は秋子の十七回忌の法要を行った。そしてその席で、秋子の従妹の、真野園江に初めて出逢った。秋子には、母の妹にあたる叔母がいて九十歳になっていたが、高齢で、車いすを使用していたことから、秋子の十七回忌の法要には、叔母の長女である真野園江が出席することになったのだ。

原田は七十六歳になり、真野園江は五歳年下で秋子より一歳若い。

園江は県外の都市に嫁いでいたが、二年前から、独り暮らしの母の介護のため、里帰りしていた。園江には、妹と弟がいたが、いずれも都内で所帯を持っていた。高齢の母の独り暮らしが困難になると、長女の園江が最も身軽な環境にいたことから、母の介護のために帰郷したのだ。

遡《さかのぼ》れば原田と秋子の結婚式には、出産のため参加できず、また秋子の葬儀の際は、夫の介護に追われ、出席できなかった。そのため原田とは、長い年月を隔てて初対面となった。

秋子の十七回忌に登場した園江は、ほっそりした躰付きで、面長で色白の笑顔が印象的な女性だった。秋子は小柄で色黒だったから、従妹といっても似たところはない。法要の宴席で、黒いドレスを身に着けた色白な園江がお酌に来たが、原田の眼にはまぶしかった。そしてドキリとした。園江の横顔が、由香に似ているようにふと思ったからだ。園江との会話に原田は浮き立った。

園江の夫は、十年ほど前に肺がんで亡くなり、娘が二人いるが、それぞれが所帯を持ち、園江は長女の家族と同居しているという。園江が、原田の前から移動して、ほかの親戚たちにお酌に回っている間、原田は、園江の姿を眼で追っていた。

そんな原田と園江が、眼が合う瞬間があった。それが三、四回続くと、もう互いに意識していることを自覚していた。

妻だった秋子は、包容力があり、笑顔が多い人間だった。妻として不足に思うところは何もなかった。原田は残された自分《うれ》のこれからの過ごし方を考える。幸い躰にはこれといって疾患はなく、健康上の憂いはない。

独りでも生きていけるという漠然とした自信はあった。ただ、瀬戸由香を失って以来、埋められない人恋しい空虚感を、常に抱えていた。日浦智子や水谷舞子との、濃密な時間を過ごしても、その空虚感は払拭《ふっしょく》できなかった。出来ることなら、友達以上の心を満たす親密な女性が、いつもそばにいて欲しいと望んでいた。

秋子と血の繋がりのある真野園江に、原田が、近しい以上の感情を湧かせたのは、真野園江の横顔に、瀬戸由香の面影が投影されてるような気がしたことも影響していた。抱えていた人恋しい飢えが、限界になっていた。

秋子の十七回忌が終わり、一か月が経過していた。原田は、園江に連絡したいと思いながら、気おくれがして連絡できずにいた。一歩踏み出せない自分に、原田はいらだっていた。そんな自分は久しぶりだった。

コロナ禍で、延期されていた三枝みずきの歌謡ショーが、市立文化会館で三年ぶりに行われることになった。時期は七月半ばである。

コロナ禍で閉鎖していた三枝みずきのカラオケ教室も再開した。原田も教室へ戻った。以前の生徒で、再び顔を合わせた人数は半分に減ったが、三枝みずきの歌謡ショーに出演した生徒たちのほとんどは復帰した。とはいえ、その中に瀬戸由香の姿はなかった。

一抹の寂しさを原田は感じ、もう会えないのかとしばし由香の顔を想い浮かべた。

再開して一か月後の教室で、その年の七月に行われる三枝みずき歌謡ショーの、第一部に出演する生徒の発表があった。出演する生徒のトリは、近藤八重子という小柄で活発な女性に決まった。

三枝みずきの歌謡ショーの当日、原田は開演前の会場で、思いがけない光景を眼にして驚いた。出演する生徒たちのトリを務める近藤八重子が、客席で、なんと真野園江と親し気に話しているのだ。

原田には、そんな状況が呑み込めなかったが、会いたかった園江が目の前にいるのだ。急いで二人のいる客席に駆けるように行った。

「あら！　原田さん」

園江が声を上げると、近藤八重子も驚いて園江と原田の顔を交互に見た。

「知り合い？」

と言う八重子に「親戚です」と原田が告げると「本当？」と疑わしそうに原田を見た。

「私は原田さんの奥さんとは従妹同士なの」と園江が補足するように言うと、

「へえっ、そうなの」

近藤八重子は納得したようだった。真野園江は、高校時代のクラスメイトだと原田に言った。会場の市立文化会館の入り口で、来場者にプログラムが配布されたが、出演するカラオケ教室の生徒たちの名前も載っている。園江も、そのプログラムを手にしていた。

「同姓同名なので、まさかと思ってました。楽しみだわ」と園江は原田に嬉しそうに顔を向けた。

「真野さんがいるとは思わなかった。緊張します」と原田は正直に言った。落ち着かない気分になった。

「原田さんは大丈夫よ。いつも冷静だもの。私はダメ。やぶれかぶれっ」

と八重子がひょうきんに言うが、物怖じせず本番を楽しむタイプである。

「大丈夫。八重ちゃんの心臓は鉄で出来てるからね」と八重子をからかう園江の横顔に原田は見入った。やはり由香の面差しを連想させるのだ。その襟足に口づける自分の姿を原田は妄想した。

三枝みずき歌謡ショーの、第一部のカラオケ教室の生徒たちの出演がスタートした。それぞれの生徒の家族を含む応援グループが見守る。コロナ禍で声を出して応援できない分、歌い終わると拍手でたたえた。身内も緊張して聴く。上手く歌って欲しいと願う。生徒の歌唱ぶりが、誰が聴いても上手ければ、自然と会場が大きな拍手に包まれる。

原田の場合は、二人の娘が聴きに来ていた。年を重ねた父親の、元気な姿を見たいという気持ちの証《あか》しだと原田は受け止めている。

「良かったよ」と娘たちはいつも原田に言ってくれる。それだけでも原田は嬉しい。

秋子の十七回忌のその年は、初対面の、秋子の従妹の真野園江も、客席で原田の歌を聴くことになった。力まずに感情をこめて歌いたいと原田は思った。トリの近藤八重子の一つ前で原田は歌った。

五木ひろしの「月物語」という歌で、曲調と歌詞が気に入って、半年前から口ずさんでいた。いつものことだが、由香を想い浮かべて、感情をこめて歌った。歌い終わって原田は会場の拍手を心地よく聞いた。由香が会場のどこかで聴いていてくれたら……とふと思った。園江がそんな原田を、客席でじっと見守っていた。

三枝みずきの歌謡ショーが終わると原田は間を置かずに、園江と連絡を取った。園江もすんなりと原田の誘いを受けた。原田の誘いを待っていたようにも感じられた。

一週間に一度は顔を合わせた。

いつも街外れの喫茶店に、原田は真野園江を連れて行った。その喫茶店は全国に展開していて、K市の場合は、海岸に近い山地を平たんに切り取った場所にあった。広々とした駐車場は、三分の一ほどしか埋まっていなかった。ログハウス風の店内はゆったりとした雰囲気がある。午前十時過ぎに行くことが多いのは、客が少なめでくつろげるからだった。

最近足しげく通う原田と園江は、店のスタッフに顔を覚えられるのも早かった。会計をするとき「いつもありがとうございます」と見慣れた若い女性スタッフがにこやかに言う。

園江が、秋子と従妹という関係から、親戚同士という雰囲気でスタートしたが、違和感はなかった。会話も、長く付き合っているような口調でやり取りした。

「二人はどう見られているかな。夫婦かな。

だとしたら、よっぽど仲がいい夫婦だと思うよね」と原田が園江に言うと、

「不倫の関係には見えないわね」と園江が笑う。

「どうして？」

「貴男は真面目そうな顔してるから」

「園江さんは？」

「いわずもがなでしょ？」

「不倫願望がある？」

「まさか！」

園江はさもおかしそうに笑った。

そして半ば真剣な面持ちで原田に言った。「好きな人とはいつ別れたの？」

「……いないよそんな人は」

「ふーん。答えるのにちょっと間があったわね」とからかうように、原田の顔を下から覗き込むように見た。血がつながらないが、親戚同士という立ち位置が、遠慮のない物言いを互いにするようになった。

その日の別れ際に、原田は車の助手席に乗っていた園江を、引き寄せてキスをしようとした。すると園江は腕を突っ張り、原田を押しのけた。

「私、こういうのは得意じゃないの」

それは、自分という男を、拒否するというニュアンスとは少し違うとは思ったが、原田は、すっかり自信を無くした。

その後も原田はあきらめずに、別れ際にキスをしようとしたが、唇に触れるか触れないかの寸止め《すんど》の繰り返しだった。だからといって園江が、原田の誘いを断ることはなかった。

原田は、園江が独身時代を含めて、夫以外に男を知らないでいたのかもしれないと思うようになった。

十年ほど前まで、園江は夫と姑の三人暮らしだった。肺がんが進行していた夫が、闘病期間中は希望して、自宅と病院で交互に過ごした。少しでも園江に負担をかけまいとしてのことだったという。

夫が入院中、園江は毎日病院通いをした。夫の寿命が、数週間で尽きると医師から告げられたのは、夫が自宅から病院に戻った一か月後だった。その日の帰宅途中の夜道、園江は空を見上げて、大声で泣いたと原田に言った。原田は秋子を亡くしていたから、その心情が写し絵のように理解出来た。夫婦の結び付きの強さが、園江夫婦にもあったのだ。

認知症が進んでいた姑が、夫の死後、誤嚥性の肺炎で、息子の後を追うように亡くなったという。園江は、独居の生活環境となった。

すると親思いの園江の長女が、園江宅へ家族共々、引っ越してきた。それを機会に、園江は期間を決めずにK市へ里帰りした。実家で一人でいた母が、介護を必要とする状態になったためだった。母を見送るまで、母と共に過ごすつもりでいるという。

温泉旅行

園江と付き合い始めて半年が経過した頃、県内の温泉地に一泊することになった。

原田がさらりとそのことを提案すると、園江が「いいわね」と予想外にすんなりと同意したのだ。

　デイトを続けているのに、別れ際のキスには、気が乗らない反応をする園江だった。

　旅行の提案をしても応じないだろうと思っていたのだが、ためらわず応じたので原田は大変驚いた。

　亡くなった秋子と園江は一つ違いの従妹で顔立ちに共通点は少しもないが、秋子に似たおおらかさがあると原田は感じていた。

「旅行に誰と行くかはお母さんに言うの？」

「友達と行くと言えば、母は誰となんて聞かないわ。私の友達で顔見知りはいないからね」

　園江が不在の間は、母の介護はホームヘルパーを派遣してもらうという。

　驚いたことに園江は、旅行雑誌を買い、県内の温泉地を調べていた。

　一方、原田は園江に提案する前に、おおよその候補地を描いていた。

　基本的には、華やかさはないが、自然に富んで、ゆったりとくつろげる環境があること、旅行客もほどほどで、喧噪な雰囲気がないこと、宿は質素過ぎず、宿泊料は多少高くても旅行気分に浸れる造りであること。風呂は見ないとわからないが、たっぷりとしたかけ流し湯であればというような映像を描いてた。

　温泉地を決めたのは原田で、園江は、あっさりとそこでいいと言った。原田は嬉しかった。そことは、K市から汽車を乗り継いで、二時間余りで行ける咲花温泉である。

　車で行けば、時間はもっと短くなるが、二人だけの時間を、原田はできるだけ長く持ちたかったので、あえて汽車を乗り継ぐことにした。それでも片道二時間余りでしかない。

信越線、磐越西線と乗り継ぎ、咲花駅に二人が降り立ったのは、夏が過ぎ去ろうとしていた日の、午後三時過ぎだった。

阿賀野川の川べりの宿から、迎えの車が来て駅前に停まっていた。二人のほかに、その車に乗る客はいない。園江の旅行雑誌の案内では、咲花駅から宿まで五分となっていた。

車が走り出して間もなく林に囲まれた宿に着いた。陽の光が伸びて、広い玄関口に差し込んでいる。

宿の女性従業員たちが二人を出迎えた。

「ようこそ。いらっしゃいませ。お疲れさまでした」

「お世話になります」

原田と園江は頭を軽く下げ、そして笑顔で互いを見た。来てしまったというような思いが共通してあった。

宿のカウンターで記帳を済ませてから、案内された部屋は八畳ほどの座敷で、その座敷からベランダに出ることができ、夕陽で彩られた阿賀野川がすぐ近くに見えた。青い畳の座敷と隣り合わせで洋風の部屋があり、ふんわりとした布団に覆われたベッドが二台置かれている。座敷の造りつけの衣装ボックスに、持ち物を入れて、原田と園江はベランダに出て、夕陽に染まっていく阿賀野川を並んで眺めた。

原田は園江の肩を抱きよせて、

「一緒に来てくれて有難う。夢が叶ったよ」とその耳元で言った。

「秋ちゃんが何て言うかな？」と園江は下を向いた。

「天国で笑ってるよ」

「なんで？」

「手が早いって」

「そうなの？」

「結婚した時に秋子に言われたよ」

「ふうーん原田さんが？　信じられない」

園江がまじまじと原田の顔を見つめた。

もう会話は必要なかった。原田は園江を抱きよせ、唇を重ねた。園江は原田を押しのけることはしなかった。園江の躰から力がゆっくり抜けて、長い間抱き合っていた。

「お風呂へ入ってきましょう」

園江が顔を離して明るく言った。

誘っても園江は家族風呂に入ることはないと思い、原田は言い出さなかった。

ゆったりとした男湯は、到着が早かったせいか、原田と同世代と思われる男客が一人しかいなかった。浴室を仕切るガラス戸を開けると、阿賀野川が、眼下に望める露天風呂に繋がっていた。原田は露天風呂に躰を沈めて想いを巡らせた。園江が思いがけず、拍子抜けするほど一泊旅行に順応したことに内心驚いたし、嬉しかった。だが、原田には心配なことがあった。果たして園江を抱くことが出来るのかということだ。

透明な湯の中で、おとなしくしている自身の一物を見下ろした。最近、女性と交わる機会はなかった。加齢からくるＥＤ（勃起不全）の兆《きざ》しがあった。以前、日浦智子を抱こうとして勃起せず、智子の中に入れなかった。その夜のことが頭をよぎった。

入浴後の食事が終われば、一泊旅行の究極のセレモニーといえる園江との床入りを迎えるのだ。気持ちはすでに昂《たかぶ》っているが、果たして原田の砲塔は、その時に立ち上がるのか不安に思った。食前に、ＥＤ治療薬を服用しなければと気が急いた。

原田は早めに浴槽を出て、浴衣に着替えた。部屋に戻ると園江はまだ戻っていなかった。

原田は、貴重品ボックスにキーを差し込み、ボックスを開けて持参した小物入れから、ＥＤ治療薬を取り出し、口に入れ、水で飲み込んだ。効果をより確実にするには、食事の際の飲酒も控えた方がいいとも功能書きに有ったが、自分の酒好きは園江に話したから、まったく飲まないというわけにはいかないだろうと思った。

園江が入浴を済ませて、すっきりした浴衣姿で部屋に戻ってきた。色白な顔が、湯上がりのせいかほんのり染まっている。原田はしばし見とれた。目の前の園江が抱けると思うと幸せな気分になった。

夕食は部屋でとるのではなく、部屋の外の別室に二人分が用意されていた。その部屋は、やや照明を落として、落ち着いた雰囲気を醸し出している。丸いテーブルに幾皿も料理が用意されていて、一目で、それらを平らげるには、かなりの時間が必要だと思われた。ワイン、ウイスキー、日本酒、焼酎のボトルが別テーブルに置いてある。

原田と園江がテーブルの椅子に向かい合って腰を下ろすと、宿の女性スタッフが、ワインを満たしたグラスを運んできて、二人の前に置いた。

「どうぞごゆっくりお召し上がり下さいませ」

宿のスタッフが姿を消して、二人だけになった。原田はワイングラスを取るよう園江に促した。

園江が目を伏せてから、原田をじっと瞬《まばた》きもせずに見つめた。そして思いがけない言葉を発した。

「これからは、私を秋ちゃんだと思ってね」

「えっ……」

「だめ？」

「いや……いいけど……どうして？　俺のことまだ……よく知らないでしょ？」

としどろもどろに言う原田。

「連れてきてよく言うわね。正体不明の人に、のこのこ付いてきたと思うの？」

原田は呑み込めなかった。目を見開いたまま、上気して赤らむ園江の顔を見つめる。

「訳を教えてあげるわね。私も実を言うと、秋ちゃんの言う通りになるとは思わなかった」

「秋子の言う通りって？」

「秋ちゃんが死んで、私も主人に死に別れて、卓也さんが独りになっていたら、卓也さんの面倒をみてくれって言われてたの。ずいぶん前のことよ」

「言われてた？　……いつのこと？」

「秋ちゃん自身が、乳がんだと知ってからだわね。私に会いたいって。急に電話が来たの。おっとりした秋ちゃんが、真剣にどうしても会いたいって言うので、帰ってきたの。小さいころから仲が良かったけど、大人になってからは、私が里帰りする時にしか会ってなかった。でも秋ちゃんから頼まれた時は、私の主人は、まだ元気だったから、卓也さんの面倒をみるなんて、想像できなかった。

　でも、秋ちゃんは子供のときから、霊能力みたいなものがあって、よく言い当てていたんだよね。不思議な人だった。実を言うと卓也さんの姿は、秋ちゃんが教えてくれて、遠くから見たことがあったの」

「いつ？　遠くから？　なぜ？」

「秋ちゃんに呼ばれて帰った時。あえて紹介しないって秋ちゃん言ってた。なぜか、半ば本気な言い方してたかな」

　秋子はなぜ、従妹とはいえ、まだその時は人妻だった園江に、自身の死後のことを頼んだのだろう。園江の顔を見つめて一瞬、ひらめいたことがあった。園江の横顔である。改めて園江の横顔を、まじまじと見た。由香の面影がどうしてもよぎるのだ。原田は記憶をよみがえらせた。

四十代になった秋子が、病院勤めをやめて（育児相談所いずみ）を開設したが、訪れた瀬戸由香に原田が心を揺らした時だ。由香のことが知りたくなり、秋子に由香の名前を聞いたのだ。すると穏やかな秋子が表情を変えた。その表情に、たじろいだ自分を原田は思い出した。なぜかそんな古い記憶が急に想い起こされた。

秋子は自分の死後、原田が心を取られた由香を、求めるにちがいないと予想した。それならせめて身内の、由香の面影を宿す園江に原田を託したいと考えたか。そうに違いない。

秋子は時空を超えて、原田の前に園江を登場させたのだ。原田を園江に、くぎ付けにした。秋子はそれだけ自分を愛してくれたということなのだ。原田はしばし瞑目した。胸に込み上げてくるものがあった。原田は眼を潤ませて、手を伸ばして園江の柔らかな手を握りしめた。園江も強く手を握り返した。

互いに眼を見つめ合いながら、ワインを満たしたグラスをゆっくりと口元に運んだ。

園江との出逢いは、天空にいる秋子が用意した最後のサプライズに違いないと原田は確信した。

完

参考文献

『般若心経実践法』　ひろさちや　二〇〇〇年一月一日　小学館

『日本的ターミナルケアを問う』　編著者　医療の心を考える会パート3　医療法人崇徳会　長岡西病院　発行者柳本和貴　二〇一四年　五月十三日　考古堂書店

著者プロフィール
澤木 俊介（さわき しゅんすけ）
1944年 新潟県村上市生まれ
新潟県立長岡工業高校卒
2010年「千の風になったあなたへ贈る手紙」で「さだまさし賞」受賞

老恋・恋の終活

2023年11月15日 初版第1刷発行

著 者 澤木 俊介
発行者 瓜谷 綱延
発行所 株式会社文芸社
〒160-0022 東京都新宿区新宿1－10－1
電話 03-5369-3060（代表）
03-5369-2299（販売）

印 刷 株式会社文芸社
製本所 株式会社MOTOMURA

ISBN978-4-286-24613-0